Liebe vergessen
Sabine Krischer

Liebe vergessen

Demenz regiert das Leben

-

Eine Erzählung über das Entdecken der eigenen Bedürfnisse

von

Sabine Krischer

Bibliografische Information der Deutschen Nationalbibliothek: Die Deutsche Nationalbibliothek verzeichnet diese Publikation in der Deutschen Nationalbibliografie; detaillierte bibliografische Daten sind im Internet über dnb.dnb.de abrufbar.

© 2017 Sabine Krischer

Herstellung und Verlag:
BoD – Books on Demand, Norderstedt

ISBN: 9783743194038

Inhalt

1. Heinrich, der Meisterkoch — 7
2. Was kann schon eine Tagespflege? — 15
3. Die neue Freiheit — 27
4. Der Erdbeerkuchen — 29
5. Mit Schwung und Hoppla — 34
6. Ein ehrliches Kompliment — 42
7. Die Sonne geht auf — 46
8. Rosenzucht und fremder Mann — 52
9. Seefahrt mit Folgen — 60
10. Nicht erwischt — 70
11. Eine Familie denkt nach — 74
12. Liebe, Pflicht und ein Recht auf Freiheit — 106
13. Freunde und Fremde — 111
14. Schmetterlinge im Bauch und auf der Wiese — 124
15. Schwache Beine, starker Rücken — 138
16. Der letzte Schritt mit eigenen Füßen — 147
17. Du bist schön — 171
18. Einsamkeit und Schuld — 177
19. Abschied in Liebe — 187
20. Familie mit Größe — 196

1. HEINRICH, DER MEISTERKOCH

Seit seine Mutter im Krankenhaus war, musste Heinrich alleine für den Haushalt sorgen. Für das Mittagessen musste er kochen, wenn überhaupt was Warmes auf dem Tisch stehen sollte. Heinrich schaute sich in der Küche um und fand einen durchsichtigen Topf mit Henkel. Er stellte den Topf auf den Herd und schaltete an. Er brauchte noch einen Kochlöffel. Der lag sicher in der Schublade. Als er die Schublade öffnete, fiel ihm die Schere ins Auge. Die Büsche mussten geschnitten werden. Als Gärtner wusste er, wie wichtig der Frühjahrsschnitt war. Sogleich nahm Heinrich die Schere und ging hinaus in den Garten.

Gerlinde genoss die ersten Sonnenstrahlen im Frühling. Mit ihren sechsundsiebzig Jahren war sie noch sehr rüstig, ganz anders als ihr zweiundachzigjähriger Ehemann Heinrich, der sich mühsam bewegte, schlecht sah und hauptsächlich von den Ideen seiner Demenz gesteuert wurde.

Was würde sie darum geben, einmal seine Gedanken lesen zu können. Schon seit einiger Zeit verstand sie ihn nicht mehr.

Nach dem Essen klagte er über Hunger, nachts räumte er dringend die Wohnung um und erklärte ihr inständig wie wichtig das sei. Gerlinde fühlte sich in solchen Situationen hilflos. Manchmal versuchte sie es mit Vernunft. Dann ärgerte sie sich im Nachhinein darüber, weil sie ja wusste, dass man mit Vernunft nichts gegen Demenz ausrichten kann. Meistens war es ihr egal und sie richtete sich darauf ein, dass sie in den nächsten Tagen wieder umräumen und suchen musste.

Der Sinn des Lebens oder die Frage, was im Leben sinnvoll ist oder was sie interessiert, war ihr inzwischen egal. Sie war dauerhaft müde und erschöpft von dem ständigen Kampf gegen die Demenz von Heinrich.

Es war erstaunlich, dass Gerlinde trotzdem in Momenten wie diesen an kleinen Dingen Freude fand. Jetzt waren es die Frühlingssonnenstrahlen.

Während sie die Kartoffeln für das Mittagessen schälte, steuerte Heinrich mit der Haushaltsschere auf die Büsche zu. Gleich würde er wieder den Garten verunstalten. Aber es machte ihr schon lange nichts mehr aus. Früher war der Garten eine Pracht. Nachbarn und Besucher bewunderten das grüne Kleinod. Mehr als zwanzig verschiedene Rosensorten, die Heinrich gezüchtet hatte, blühten hier. Aber jetzt konnte jeder Blinde sehen, dass der Gärtner Demenz hatte und nicht mehr wusste, wo er schon die Büsche zurückgeschnitten hatte.

Doch was war das? Ein seltsamer Geruch strömte an Gerlindes Nase. Sie drehte den Kopf und sah aus der Küche eine Rauchschwade hinausziehen.

"Was ist das? Was riecht so komisch?"

Entsetzt sprang Gerlinde auf und rannte in die Küche. Wie fremdgesteuert schaltete sie den Herd ab und versuchte den teilgeschmolzenen Messbecher zu entfernen. Sie schloss die Tür zum Flur und zum Esszimmer. Die Terrassentür war zum Glück offen.

Langsam beruhigte sich Gerlinde und als der Herd endlich ausgekühlt war, sah sie sich die Misere an. Was für eine Sauerei. Das geschmolzene Plastik hatte sich in die Herdplatte eingebrannt. Für heute war das Kochen erledigt. Den Herd konnte sie nicht mehr benutzen.

Die Verunstaltung des Gartens war eine Sache, damit konnte Gerlinde leben. Aber das war zuviel. Seit drei Jahren brachte er

Unordnung ins Haus. Und heute zerstörte er das erste Mal ein teures Haushaltsgerät. Von der Rauchvergiftung ganz zu schweigen. Was wäre, wenn es jetzt nicht so warm wäre und sie sich nicht draußen aufgehalten hätten? Nicht auszumalen, wie das hätte enden können.

"Ich kann nicht mehr. Ich will nicht mehr."

Gerlinde schluchzte so laut, dass alle Nachbarn es gehört hätten. Aber die waren ja alle berufstätig und vormittags nicht zu Hause. Keiner war da, dem Gerlinde ihr Leid klagen konnte.

Gerlinde rannte raus, griff zum Telefon, das neben der Kartoffelschüssel auf dem Terrassentisch stand und rief unter Tränen ihre Tochter an. Mit zittrigen Knien suchte sie den Stuhl und hatte Mühe, sich hinzusetzen ohne den Stuhl umzuwerfen.

Endlich hob Kathrin ab. In Gerlindes Stimme schwang Aufregung. Sie sprach hastig.

"Hallo Kathrin. Kannst du vorbeikommen? Er hat gerade die Küche in Brand gesetzt."

"Wer?"

"Na wer schon, dein Vater. Es stinkt. Es klebt."

"Halt, Mama. Du sprichst so schnell. Was ist passiert? Papa hat die Küche in Brand gesetzt? Musstest du die Feuerwehr rufen?"

"Was? Nein, die Feuerwehr musste ich nicht rufen."

"Na, dann war doch alles halb so schlimm."

"Was heißt hier halb so schlimm? Komm und schau dir das an. Wahrscheinlich muss ich den Herd wegschmeißen. Ach, es ist so schlimm. Und was macht dein Vater? Er schneidet seelenruhig die Hecken und hat keine Ahnung von dem, was er angerichtet hat."

"Warte, Mama, bevor du weitersprichst. Ich muss noch bis fünf arbeiten. Ich komme dann heute abend vorbei und wir schauen, was wir tun können. In Ordnung."

"Ja. Danke. Bis später."

Gerlinde legte auf und hielt noch lange das Telefon in der Hand, während sie auf Heinrich starrte, der unbeirrt mit seiner Haushaltsschere die Büsche misshandelte.

Endlich klingelte es. Nur beiläufig hatte Gerlinde heute nachmittag gegessen und Heinrich versorgt. Eigentlich hatte sie die ganze Zeit gewartet. Als Gerlinde die Tür öffnete, fiel sie Kathrin um den Hals und hielt sie lange fest.

"Hallo Mama."

"Grüß dich, Kathrin. Ich bin so froh, dass du da bist. Dein Vater… . Ich weiß nicht mehr weiter."

Es fiel ihr schwer, einen klaren Gedanken zu fassen.

"Komm, lass uns doch erst mal hinsetzen."

Kathrin schob ihre Mutter in die Küche und drückte sie sanft auf einen Stuhl. Sie schaute ihr ins Gesicht. Es sah aus, als ob sich die Zahl der Falten verdoppelt hätte. War der Tag so schlimm? Waren mit dem Plastikbecher auch die Kräfte der Mutter geschmolzen? Brauchte sie außer einem neuen Herd noch eine neue Energiequelle für sich?

Zur gleichen Zeit war der Krafträuber aus dem Wohnzimmer zu hören, wie er Gegenstände umräumte. Kathrin stellte sich vor, wie ihre Mutter am nächsten Tag wieder auf die Suche gehen würde und alles, was ihr Vater umgeräumt hätte, zurückräumte.

Aber dann lenkte Gerlinde doch wieder Kathrins Aufmerksamkeit auf den Unglücksort.

"Da, schau. Mit diesem Messbecher hat er gekocht. Kann ich alles wegschmeißen."

Kathrin griff nach Gerlindes Hand. "Mama, das können wir doch ersetzen. Das ist nicht so schlimm."

"Das vielleicht schon. Aber der Herd ist teuer."

"Mama, das kannst du dir leisten. Dafür hast du genug Geld."

"Ja, aber er macht sowas ja immer wieder. Schau dir doch mal unseren Garten an. Ach, was sag ich. Ein Blick in den von ihm geführten Haushalt genügt schon. Alles räumt er um. Ich kann nichts mehr finden in diesem Haus. Nicht eine Sekunde Ruhe. Schau."

Gemeinsam schauten die Frauen durch die offene Tür ins Wohnzimmer, wo Heinrich Sofakissen ins Bücherregal stellte.

"Du solltest dir Hilfe holen." Kathrin schaute ihre Mutter eindringlich an.

"Ich habe heute nachmittag beim Seniorenzentrum angerufen und zwei interessante Angebote erfahren. Erstens gibt es eine Tagespflege für Demenzkranke. Da kann Papa von Montag bis Freitag hingehen. Einen Teil übernimmt die Pflegekasse. So ist es für euch nicht zu teuer. Da hast du dann mehr Zeit für dich. Und dann bieten sie auch eine Selbsthilfegruppe für Angehörige an. Das wär doch was für dich. Da findest du Gleichgesinnte."

"Damit ich mir anhören muss, dass die anderen noch viel schlimmere Heinrichs haben als ich. Nein, danke."

"Du kannst es dir ja nochmal überlegen. Die Adresse lass ich dir auf jeden Fall da. Aber sag, was hältst du von der Tagespflege? Du wirst sehen, er hat mehrere Stunden am Tag Zeit, dort die Sachen umzuräumen …"

"… und nicht bei mir. Ja, das machen wir. Wieviel? Fünf Tage die Woche? Ja, das will ich. Du hast mich überredet. Wenn ich dich nicht hätte. Und das Geld reicht?"

Gerlinde griff nach Kathrins Hand und hielt sie mit ihrem müden Blick lange fest.

"Ja, das schaffen wir."

2. WAS KANN SCHON EINE TAGESPFLEGE?

Gerlinde hatte schon immer ein Unbehagen, wenn sie das Wort "Seniorenzentrum" hörte. Es klang in ihren Ohren immer wie Tattergreis, senil, häßliche Falten, tausend Wehwehchen. Sie fühlte sich mit ihren sechsundsiebzig Jahren eigentlich noch ganz jung. Sie überholte beim Wandern die fünfzigjährigen, besuchte gerne Museen und Vernissagen, wo Menschen, die mitten im Leben standen, auch hingingen. Sie fuhr gerne mit ihren Enkelkindern in den Freizeitpark oder in den Zoo. Dort konnte sie das pulsierende Leben spüren, ganz anders als in diesem Seniorenzentrum, wo schon in der Eingangshalle lauter Sitzmöglichkeiten waren für Greise mit Rollator oder Krückstock.

Aber die Wahrheit war, Gerlinde war vor sechs Jahren das letzte Mal auf einer Vernissage, vor vier Jahren auf einer Bergwanderung und vor acht Jahren das letzte Mal mit den Enkelkindern im Zoo. Seit drei Jahren hatte sie gar keine Gelegenheit mehr einen Ort des pulsierenden Lebens zu besuchen.

Vielleicht spiegelte das Seniorenzentrum doch ihre gegenwärtige Situation wider mit Heinrich, der sich gerade in ihrem Arm hängenließ und sie mit seinen langsamen Schrittchen am Vorwärtskommen hinderte.

Mit dem anderen Arm hängte sich Heinrich bei Kathrin ein. Aber an ihr zog er anscheinend weniger stark. Sonst hätte sie doch nicht ständig daran gedacht, sich nach Frau Hofer, der Leiterin des Seniorenzentrums, umzuschauen.

Da kam sie auch schon aus einem Zimmer heraus und steuerte direkt auf die drei zu. Frau Hofer begrüßte sie sehr freundlich.

"Herzlich Willkommen. Sie sind also der Herr Bergmann."

Frau Hofer gab Heinrich die Hand. Er hielt sie fest. Frau Hofer tat, als ob es normal sei, dass der Gesprächspartner ihr die Hand fast abdrückte. Sie lächelte trotzdem weiterhin sehr freundlich.

"Ja. Woher kennen Sie meinen Namen?"

"Ihre Tochter hat mit mir telefoniert und hat mir gesagt, dass Sie heute kommen."

"Aha. Das freut mich. Mein Name ist Bergmann."

Heinrich schüttelte nochmals kräftig Frau Hofers Hand.

"Papa, Frau Hofer wollte uns etwas zeigen."

Kathrin spürte eine Eile in sich, die ihrem Vater fremd war.

"So, was denn?"

Frau Hofer war die Situation vertraut. Sie nahm die Aufforderung von Kathrin an, die Hausführung zu beginnen.

"Kommen Sie mit. Ich geh voran."

Gemeinsam gingen sie durch einen Flur. Frau Hofer öffnete eine elektrische Glastür durch einen Knopf an der Wand. Gerlinde fand das viel zu technisch. Kann man sich bei solchen Türen wohlfühlen?

Der Flur hinter der Glastür wirkte auch so technisch. Neben jeder Tür hing ein Schild mit Raumnummer und Funktion. Zum Glück sah es bei ihr zuhause nicht so aus Sie würde sich ausgesprochen dumm fühlen, wenn sie erst ein Schild bräuchte, um die Küche oder das Wohnzimmer zu finden. Für die ganz Dummen hingen an manchen Türen plastische Symbole wie eine Toilette, die man sehen, aber auch ertasten konnte. War Heinrich schon so weit?

Naja, vielleicht erhöhte es ja bei den anderen die Wahrscheinlichkeit, das richtige Zimmer zu finden.

"So, hier sind wir in den Räumen der Tagespflege. Sicher fällt Ihnen hier im Flur schon auf, dass die Raumgestaltung den modernen Richtlinien für Sehbehinderte und alte Menschen entspricht. Ich bin sehr stolz, dass wir das in der ganzen Einrichtung gemacht haben." Frau Hofer wies eindrücklich auf die weißen Wände hin, von denen sich die Türrahmen farblich absetzten. Gerlinde fand das übertrieben.

"Wenn Sie wieder zurückwollen, müssen Sie auf die beiden Türöffner gleichzeitig drücken. Ich weiß, das ist umständlich. Aber so dauert es länger bis unsere Tagesgäste den Tagespflegebereich verlassen. Das ist aber noch nie vorgekommen. Bisher hatten unsere Tagesgäste immer soviel zu tun, dass sie es nicht mal probiert haben. Ich zeig Ihnen die wichtigsten Räume."

Noch bevor Gerlinde über diesen Doppeltüröffner nachdenken konnte, öffnete Frau Hofer eine Tür. Sie traten ein.

Im Flur war es ihr zu technisch. Hier war die Raumgestaltung anders komisch. Es war schön hell durch die großen Fenster. Aber die zwölf Stühle im Kreis in der einen Hälfte des Raumes hatten den Flair eines Übungsraumes. Diesen Eindruck verstärkten die paar älteren Leute, die dort saßen und gespannt zu den Gruppenleiterinnen Frau Sonnleitner und Frau Bauer blickten, die die umhergehenden Menschen aufforderten, sich zu setzen. In der anderen Hälfte des Raumes stand eine Tischgruppe.

"So, dies ist der Gruppenraum." erklärte Frau Hofer. "Hier beginnen wir gemeinsam den Tag. Im Sitzkreis singen wir oder machen Sitzgymnastik. Da drüben essen wir zu Mittag, trinken Kaffee und manchmal finden dort Bastelangebote oder ähnliches statt. Einige der Damen sind ganz begeistert von den Handarbeiten."

Bisher hatte Gerlinde leise gedacht, aber jetzt konnte sie es sich nicht mehr verkneifen, Kathrin ihren spontanen Gedanken zuzuflüstern. "Ich kann mir nicht vorstellen, dass Heinrich da still sitzen wird und seine Stricknadeln festhält."

Aber Gerlinde flüsterte zu laut. Frau Hofer hörte sie und fühlte sich bemüßigt, etwas dazu zu sagen. "Das macht nichts. Er kann jederzeit aufstehen und umhergehen. Schauen Sie, Frau Seuermann sitzt auch fast nie. Ich sehe sie immer in Bewegung. Dann haben wir halt zwei ständige Spaziergänger."

"Na gut." Gerlinde gab sich geschlagen. Frau Hofer setzte ihre Hausführung fort. "Schauen Sie sich jetzt unser Prachtstück an, den Garten."

Frau Hofer ging voran und öffnete die Terrassentür. Gemeinsam traten sie ins Freie. Frau Hofer zeigte, dass sie nicht nur von "ihrem" Haus, sondern auch von "ihrem" Garten begeistert war.

"Na, wie finden Sie ihn? Der Garten wurde unter der Anleitung von Frau Sonnleitner angelegt. Sie hat eine Zusatzausbildung als Gartentherapeutin. Ist er nicht schön?"

Gerlinde wurde zunehmend skeptisch bei dem Gedanken, dass Heinrich die Tagespflege besuchen sollte und sagte über den Garten: "Jetzt ist er noch schön. Aber was glauben Sie, wie der in einem Jahr aussieht, wenn mein Mann hier wütet."

Kathrin war das Verhalten ihrer Mutter vor Frau Hofer peinlich.

"Entschuldigen Sie bitte meine Mutter. Mein Vater war Gärtner. Er hat sogar als Rosenzüchter Preise gewonnen. Und jetzt, also seit er dement ist und schlecht sieht, schneidet er die Büsche nach eigenen Regeln zurück."

Gerlinde fand es nicht in Ordnung, dass Kathrin sich für sie schämte. Dafür hatte sie allen Grund, sich für Heinrich zu schämen, dachte sie zumindest.

"Du hast ja eine Gabe, die Taten deines Vaters zu beschönigen."

Sie wendete sich an Frau Hofer. "Die Wahrheit ist, er schneidet alles kurz und klein und man kann eine Rose nicht mehr von einer Geranie unterscheiden. Sie sollten sich gut überlegen, ob Sie meinen Mann unbeaufsichtigt in Ihren Garten lassen."

Auch wenn Gerlinde und Kathrin das Verhalten von Heinrich besonders peinlich fanden, so war doch Frau Hofer den Umgang mit Demenzkranken gewohnt. Sie wusste, wenn man nicht lebenslang vor Scham im Erdboden verschwinden wollte, dann ist bei Menschen mit Demenz gar nichts peinlich. Alles ist normal. Und Äußerungen wie die von Gerlinde oder Kathrin hatte sie schon oft gehört. Und genauso oft hatte sie dieselbe Antwort gegeben. "Das lassen Sie mal unsere Sorge sein. Bisher hat noch jeder seinen Platz bei uns gefunden."

Dann setzte sie die Hausführung unbeirrt fort. "So, ich zeig Ihnen dann noch die Toiletten und die Küche und dann schlage ich vor, dass Herr Bergmann in den Gruppenraum geht und wir regeln das Schriftliche im Büro."

Heinrich schaute auf, als er seinen Namen hörte. "Sie wollten noch was sagen, Herr Bergmann?" fragte Frau Hofer.

"Ist das Ihr Garten? Wenn Sie wollen, kann ich Ihnen ein bisschen bei der Gartenarbeit helfen. Ich bin nämlich Gärtner. Ich kenne mich da aus. Ich helfe gerne."

Gerlinde drehte sich peinlich berührt weg. Heinrich blühte auf. Jetzt war er in seinem Element. Frau Hofer nahm sein Angebot ernst. "Danke. Ich komme auf Ihr Angebot zurück. Ich zeige Ihnen später, was zu tun ist. Aber im Moment muss ich mit Ihrer Frau im Haus etwas besprechen."

"Im Haus kann ich Ihnen auch helfen. Wissen Sie, als meine Mutter im Krankenhaus war, da musste ich den Haushalt führen, während mein Vater in der Arbeit war. Ich habe zwei jüngere Geschwister und ich habe den Haushalt ganz alleine gemacht. Ich weiß wie das geht."

"Danke."

"Ich weiß, was eine Hausfrau so alles leisten muss. Das ist viel Arbeit. Mein Vater hat zu mir gesagt: "Das machst du ja fast besser als die Mutti." Und als die Mutti wieder aus dem Krankenhaus zurückkam, hat sie mich auch gelobt. Wissen Sie, ich hab …"

Kathrin hielt es nicht mehr aus und schaltete sich ein. Sie kannte die Geschichte aus unzähligen Wiederholungen.

"Papa, wir wissen was für eine Hilfe du bist. Du darfst dich jetzt im Haus ein wenig umsehen. Die Frau Hofer muss mit uns etwas besprechen. Schau, Frau Sonnleitner wartet schon."

Kathrin drängte Heinrich zur Terrassentür. Frau Hofer und Gerlinde machten sich ebenfalls auf den Weg.

Frau Sonnleitner war genauso verständnisvoll wie Frau Hofer. Kathrin war froh, dass ihr Vater so bereitwillig seine Gesprächspartnerin wechselte und sie endlich wieder in die Welt der Vernünftigen eintauchen konnte.

Auf dem Weg zum Büro ging Frau Hofer voran. Gerlinde und Kathrin folgten mit etwa zwei Metern Abstand. So leise sie konnte, flüsterte Gerlinde zu Kathrin: "Das wird nicht gut gehen. Heinrich hat ihr jetzt schon vorgeschlagen, den Garten und den Haushalt zu führen. Wir wissen ja, was das heißt. Er wird alles auf den Kopf stellen und ihnen so auf die Nerven gehen, dass sie ihn wieder rausschmeißen. Und dann hab ich ihn wieder zu Hause. Er ist so furchtbar."

Gerlinde hatte noch nicht ein einziges Mal gelächelt seit sie im Seniorenzentrum waren. Die Last der Pflege, die Scham für Heinrichs Fehlverhalten, die Angst, die Mitarbeiter der Tagespflege könnten mit Heinrich überfordert sein, das schlechte Gewissen, ihren geliebten Ehemann abzuschieben, all das brannte sich so stark in ihre Gedanken, dass sie nichts anderes als Pessimismus verbreiten konnte.

Kathrin war durch ihre Arbeit und durch ihre Familie geschützt. Sie sah ihren Vater nur stundenweise. So konnte sie sich die Hoffnung auf eine gelingende Tagespflege bewahren. "Mama, du siehst das viel zu negativ. Du hast doch gesehen, wie liebevoll sie mit Papa umgegangen sind."

"Das machen sie nur, weil sie Heinrich noch nicht kennen. Aber warte, spätestens in drei Wochen kommt der Anruf, dass Heinrich nicht mehr tragbar ist."

Erst in ihrem Büro, mischte sich Frau Hofer in das Gespräch ein. Doch zuerst bot sie Gerlinde und Kathrin einen Platz an, schloss die Tür und setzte sich ebenfalls. Auf dem Tisch lagen bereits die Papiere für den Vertrag.

"Ich habe Sie vorhin gehört. Aber seien Sie versichert, in unsere Tagespflege kommen viele Menschen, bei denen die Angehörigen denken, das schaffen wir nicht. Und bei den meisten stellt sich heraus, dass alle Bedenken umsonst waren. Unsere Mitarbeiter sind wirklich gut geschult."

"So?" Gerlinde konnte es nicht glauben.

Kathrin war ja schon vorhin aufgeschlossenener.

"Ich finde, wir sollten es auf jeden Fall einmal probieren. Vielleicht geht es ja sogar gut. Und wenn nicht, dann machen wir es halt wieder so wie vorher. Dann hast du jetzt einfach drei Wochen Urlaub."

"Das ist eine gute Idee." meinte Frau Hofer und schob ihr den Vertrag hin.

"Also gut. Wo muss ich unterschreiben?" Gerlinde griff zum Erstaunen der anderen beiden sofort nach dem Kugelschreiber.

"Wollen Sie den Vertrag nicht erst durchlesen?"

"Ach, das wird schon stimmen. Schlimmer als Heinrich kann der Vertrag auch nicht sein."

"Dann lass wenigstens mich den Vertrag durchlesen. Schließlich verlangst du nachher von mir, dass ich mich mit Kündigungsklauseln und ähnlichem auskenne."

Kathrin nahm ihr den Vertrag vor der Nase weg und begann zu lesen.

"Was heißt kündigen? Du hast doch gesagt, er soll hier bleiben."

"Mama! Jetzt lass mich mal lesen."

Nach einigen Minuten Schweigen war Kathrin mit dem Vertrag einverstanden und reichte ihn ihrer Mutter zur Unterschrift. Wenn alles gut ging, begann jetzt ein neuer Lebensabschnitt für Heinrich, für Gerlinde und indirekt auch für Kathrin.

3. DIE NEUE FREIHEIT

Drei Wochen waren vergangen. Heinrich fühlte sich wohl. Morgens stieg er bereitwillig in den Bus und war abends gut gelaunt, wenn er nach Hause kam.

Gerlinde konnte aufatmen. Wenn sie morgens aufräumte, blieb alles bis zum späten Nachmittag an seinem Platz. Wenn sie einkaufen ging, erlebte sie beim Heimkommen keine Überraschungen. Und ein Mittagsschlaf war tatsächlich ein Mittagsschlaf, wenngleich Gerlinde bei jedem Geräusch aufschreckte und bei jedem ausbleibenden Geräusch horchte, ob nicht vielleicht doch etwas passiert sei. Nach drei Wochen gewöhnte sie sich daran. Es passierte in dieser Zeit wirklich nichts. Als sie nach dem letzten Einkauf ein halbstündiges Schwätzchen mit der Nachbarin hielt, wunderte sie sich sogar, dass sowas ohne schlechtem Gewissen möglich sei.

Nur einen Pferdefuß gab es noch. Kathrin hing ihr alle paar Tage in den Ohren, sie möge doch die Angehörigengruppe besuchen. So ein Blödsinn. Sicher, sie meinte es gut. Immerhin war die Idee mit der Tagespflege gut. Dafür war Gerlinde ihr dankbar. Aber musste sie immer wieder mit dieser Angehörigengruppe daherkommen, wo man sich ständig anhören musste, was andere Demenzkranke so machen? Hoffentlich würde Kathrin wenigstens am Sonntag Ruhe geben, wenn sie mit der Familie zum Kaffeetrinken käme.

4. DER ERDBEERKUCHEN

Gerlinde liebte den gemeinsamen Sonntagskaffee. Schon seit einigen Jahren war es Tradition, dass ihre Kinder Kathrin und Robert mit ihren Familien einmal im Monat zum Kaffeetrinken kamen. Da sah sie immer ihre geliebten Enkel Yannick, Dana und Sophie. Sie freute sich, als alle, naja fast alle, gemeinsam am Kaffeetisch auf der Terrasse saßen.

"Schade, dass Tanja und Sophie nicht da sein können."

Gerlinde bedauerte, dass ihre jüngste Enkelin fehlte.

"Es ist halt der Kindergeburtstag der besten Freundin." meinte Robert." Und dich besucht sie oft genug."

"Trotzdem schade."

Kathrin nahm schon mal das Messer in die Hand. "So, wer will Erdbeerkuchen?"

Dana, Yannick, Markus und Robert hielten alle wie auf Kommando ihre Teller hin. "Ich."

Kathrin schnitt und teilte im Stehen den Kuchen aus.

"Und du, Papa? Willst du auch Erdbeerkuchen?"

Heinrich schaute Kathrin erwartungsvoll an. Weil sie keine Antwort erhielt, nahm sie seinen Teller und legte ein Stück Kuchen darauf. Diesen stellte sie wieder vor ihren Vater auf den Tisch. Heinrich schaute langsam und interessiert sein Stück an. Dann schaute er auf Danas und Yannicks Kuchenstück.

"Den Kuchen habe ich gebacken. Ich bin extra heute früh aufs Erdbeerfeld gegangen, um besonders frische Erdbeeren zu pflücken. Die schmecken nämlich viel besser als die vom Supermarkt."

Gerlinde platzte der Kragen. Heinrichs Beitrag zum Kuchenbacken war das Verstecken der Kuchenformen. Gerlinde hatte eine Stunde gesucht, bis sie die Formen im Schrank des Gästezimmers fand. Und jetzt versuchte er, sich die Lorbeeren für ihre Arbeit zu holen. Laut und verärgert schnauzte sie ihn an.

"Also Heinrich, was soll der Schmarrn?! Du hast überhaupt nichts gebacken. Und auf dem Erdbeerfeld warst du schon seit zehn Jahren nicht mehr. Das kannst du ja gar nicht wegen deiner kaputten Hüfte. Du redest manchmal soviel Blödsinn."

Heinrich schaute erschrocken auf. Er verstand den Angriff nicht.

Dana und Yannick erschraken ebenfalls und verfolgten mit starrem Blick, was jetzt geschah.

"Mama!" Robert versuchte mit strengem Ton, seine Mutter zu beruhigen, natürlich ohne Erfolg.

Kathrin, die immer noch mit Messer in der Hand vor dem Kuchen stand, bäumte sich quer über den Tisch vor ihrer Mutter auf.

"Du bist ungerecht, Mama. Er kann doch nichts dafür. Er tut ja niemandem weh. Lass ihn doch erzählen, dann ist er glücklich."

Gerlinde wurde noch wütender. Nicht nur Heinrich missachtete ihre Arbeit. Auch ihre Kinder machten ihr Vorwürfe. Das Messer in Kathrins Hand verstand sie als eine Kampfansage. Sie schleuderte ihre Serviette auf den Tisch und stand auf. Jetzt war sie mit Kathrin auf Augenhöhe.

"Du hast keine Ahnung! Du hörst dir nicht jeden Tag Geschichten an über Dinge, die gar nicht wahr sind. Du räumst nicht auf, wenn er mal wieder den Haushalt führt und die Wäsche in den Geschirrschrank steckt. Du stehst nicht nachts auf und putzt den Dreck weg, wenn er nicht das Klo gefunden hat. Du bist mal ganz still."

"Nein, bin ich nicht. Und du wirfst mir nicht vor, dass ich nichts für Papa mache. Obwohl ich 40 Stunden in der Woche arbeite und nebenbei meinen Kindern bei Schulproblemen helfe, habe ich Papa in die Pflegestufe einstufen lassen. Ich habe mich um alle Pflegemittel und deren Bezahlung gekümmert. Ich stehe dir immer mit Rat und Tat zur Seite, wenn es um Geld oder Versicherungen geht. Und ich habe einen ganzen Nachmittag telefoniert, um die Tagespflege für Papa zu finden. Aber statt dass du die Zeit sinnvoll nutzt und dich bemühst, etwas gelassener mit Papa umzugehen, - dazu würde dir diese Angehörigengruppe helfen - stattdessen, blaffst du mich an. Und Papa."

Heinrich beobachtete die streitenden Frauen. Er verstand nicht, worum es ging. Es war bestimmt etwas Wichtiges. Sonst würden sie nicht so laut sein. Und das Messer? War das eine Messerstecherei? Unter Frauen ist sowas doch unüblich?

Heinrich wollte wissen, worum es ging. Vielleicht wusste der junge Mann neben ihm Bescheid. Er drehte sich zu seinem Enkel

Yannick und fragte: "Wer ist das? Warum streiten die hier?"

Noch bevor der erstaunte Yannick antworten konnte, drehte sich Gerlinde beleidigt um, warf dabei den Stuhl um, heulte und rannte weg. Die anderen schauten ihr nach. Der Sonntagskaffee, auf den sich Gerlinde die ganze Woche gefreut hatte, war gelaufen.

Da erblickte Heinrich den Kuchen auf seinem Teller und aß ihn. Er schmeckte lecker. „Selbstgepflückte Erdbeeren schmecken halt immer am besten."

5. MIT SCHWUNG UND HOPPLA

Gerlinde hatte nachgegeben. Sie war nicht davon überzeugt, das Richtige zu tun. Aber sie wollte sich nicht von Kathrin vorwerfen lassen, es nicht probiert zu haben.

Schlechtgelaunt machte sie sich auf den Weg ins Seniorenzentrum. Eigentlich hätte sie sich einen gemütlichen Vormittag machen können. Stattdessen ging sie zur Gruppe für Angehörige von Menschen mit Demenz. Wie das schon klingt?

Kaum hatte sie die erfrischende Frühlingsluft hinter sich gelassen, schon stand sie in den Räumen des Seniorenzentrums, das schon beim letzten Mal bei Gerlinde ein Unbehagen ausgelöst hatte. Immerhin stand sie nicht im abgesperrten Bereich.

Gerlinde schaute sich um. Soviele Zimmer waren gar nicht da wie sie in Erinnerung hatte. Direkt neben dem Büro von Frau Hofer, entdeckte sie den Gruppenraum. Sie schaute auf den Raumbelegungsplan, der neben der Tür hing. Da stand "Angehörigengruppe" um zehn Uhr.

Noch während sie den Raumbelegungsplan anschaute, legte sie die Hand auf den Türgriff und drückte runter. Die Tür öffnete sich mit

Schwung und Gerlinde wurde mitgerissen. So schnell wollte sie das Zimmer gar nicht betreten, wie sie hier hineingefallen war.

Ihr Herz klopfte schneller. Klar ruft eine so plötzliche Bewegung Herzklopfen hervor. Sie schaute vor sich auf den Boden und erblickte Männerschuhe. Langsam wanderte ihr Blick die Hosenbeine entlang über die elegante Gürtelschnalle, weiter das Hemd hoch zu einem attraktiven Gesicht. Seine Hand hielt immer noch die Türklinke fest. Zwischen den Altersfalten blickten sie zwei wache, weltoffene Augen an. Sein Mund verzog sich zu einem verschmitzten Lächeln.

"Hoppla, schöne Frau."

"Was heißt hier Hoppla? Können Sie nicht besser aufpassen?"

"Wenn ich geahnt hätte, dass eine so schöne Frau reinkommt und ich dreißig Jahre jünger wäre, hätte ich mich vor Sie auf den Boden geworfen und Sie aufgefangen."

Gerlinde fiel dazu keine Antwort ein. Zum Glück wurde sie von Frau Hofer entdeckt, die auf sie zukam.

"Grüß Gott, Frau Bergmann, ich freue mich, dass Sie zu uns gefunden haben. Herzlich willkommen! Setzen Sie sich einfach hin wo Sie wollen."

Sie deutete auf den Stuhlkreis, in dem bereits fünf Frauen zwischen fünfzig und achtzig Jahren saßen. Auf dem Boden in der Mitte stand eine Blumenvase mit Narzissen und ein paar Zweigen, die ihr erstes Grün der Frühlingsluft entgegenstreckten. Zwei oder drei dekorativ geschlungene Chiffontücher sorgten für einen sanften Übergang zwischen Vase und Fußboden. Gerlinde staunte, mit welch einfachen Mitteln eine wohnliche Atmosphäre erzeugt wurde. Bei ihr zu Hause war alles nur praktisch. Schönheit und Wohnlichkeit spielten seit Beginn von Heinrichs Demenz eine untergeordnete Rolle.

Nachdem sie sich umgeschaut hatte, setzte sich Gerlinde in den Kreis. Der Mann mit dem "Hoppla" setzte sich direkt neben sie. Gerlinde schaute ihn an.

"Es war kein anderer Platz frei," behauptete er, obwohl Gerlinde noch mehrere andere freie Plätze sah. Auf ihr demonstratives Umherschauen antwortete der Mann nur mit einem Achselzucken. Er grinste schelmisch.

Mit einem leisen Ticken bewegte sich der Zeiger auf der Wanduhr auf Zehn. Frau Hofer schloss die Tür, setzte sich als Letzte in den Kreis und eröffnete die Gruppenstunde.

"Wir begrüßen hier ein neues Gesicht in unserer Runde. Frau Bergmann ist das erste Mal hier. Ich würde Sie bitten, dass sich jeder vorstellt und etwas zu seinem Angehörigen sagt."

Es begann die Dame, die direkt neben Frau Hofer saß. "Ich bin Frau Sand. Meine Mutter hat Demenz. Ich habe sie drei Jahre lang zu Hause gepflegt. Jetzt liegt sie seit einem halben Jahr im Pflegeheim."

"Mein Name ist Lödl. Mein Mann hat eine beginnende Demenz. Er wohnt bei mir zu Hause. Im Moment ist meine Schwiegertochter bei ihm."

Gerlinde war als nächste dran. Alle Blicke waren auf sie gerichtet. Sie riss die Augen auf und richtete ihren Finger auf sich.

"Bin ich jetzt dran? Äh. Mein Name ist Bergmann. Mein Mann hat auch Demenz. Äh. Ich weiß nicht, was ich noch sagen soll."

"Dann mache ich weiter." Es schien so, als ob der Mann mit dem "Hoppla" nur darauf gewartet hätte, sich Gerlinde vorzustellen.

"Ich heiße Johannes Blattschläger. Meine Frau hat Demenz und besucht hier im Haus die Tagespflege."

Als die anderen drei Frauen sich vorstellten, hörte Gerlinde nur halb zu. Sie war von dem Auftreten des Mannes neben ihr doch sehr angetan. Weniger was er sagte, sondern mehr wie er es sagte, beeindruckte sie. Seine Stimme war angenehm, seine Bewegungen waren geschmeidig. Das hatte sie schon lange nicht mehr gesehen. Wie konnte ein so alter Mann noch so gut aussehen?

Die Stunde verging wie im Flug. Was Frau Hofer vorbereitet hatte, was sie sagte und was die Teilnehmerinnen dazu zu sagen hatten, hatte Gerlinde bald vergessen. Ihre Gedanken waren erfüllt von diesem eleganten Mann. Gerlinde ertappte sich dabei, wie sie ihre Haare stereotyp um den Finger wickelte. War sie etwa verliebt? Nein, sowas empfand man doch nicht in einer Gruppenstunde im Seniorenzentrum. Das konnte nicht sein.

Ziemlich jäh wurde Gerlinde aus ihren Gedanken gerissen, als Frau Hofer nach einer Stunde den offiziellen Teil beendete und zum Kaffeetisch einlud. Beim Aufstehen rutschten einige Frauen so laut mit den Stühlen, dass Gerlinde gar nicht anders konnte, als kurz hochzuschauen.

"Willst du nicht auch rüberkommen zum Kaffee?" fragte der Mann mit dem "Hoppla". Er machte eine auffordernde Geste.

Gerlinde zuckte zusammen. Ihr Herz klopfte laut.

"Äh, ja!" Gerlinde stand auf. Es war ihr peinlich, dass sie keinen vernünftigen Satz rausbrachte. Sie folgte still der Hand, die Johannes immer noch auffordernd in Richtung Kaffeetisch hielt.

"Du siehst, wir sind eine ganz nette Gruppe. Das ist immer so. Zuerst reden wir im Kreis über das, was Frau Hofer sagt. Jetzt haben wir noch Zeit, gemütlich miteinander zu plaudern. Setzen wir uns nebeneinander."

Gerlinde setzte sich auf den erstbesten Platz. Sie hatte das Gefühl, von Johannes gesteuert zu werden und selber gar nicht zu entscheiden. Aber es war ihr gerade recht, denn sie traute ihrem Willen in diesem Moment sowieso nicht.

Wie sie erwartete, setzte sich Johannes direkt neben sie. Er schenkte Gerlinde und sich Kaffee ein. Dann gab er ihr Kuchen.

"Sie haben ja noch gar nicht gefragt, ob ich überhaupt Kaffee will."

"Ach bitte, ich bin Johannes. Sag du."

"Also gut, du. Du bist ganz schön draufgängerisch. Machst du das immer so?"

"Nein, nur bei Frauen, die so schwungvoll zur Tür reinfallen."

"Macht es dir gar nichts aus, dass du verheiratet bist?"

"Ich habe eine wundervolle Frau. Aber manchmal habe ich auch Lust, mit einer Frau zu flirten, die noch fünf Minuten später weiß, was sie gesagt hat. Wie heißt du eigentlich? Du hast vorhin nur deinen Nachnamen verraten."

"Gerlinde. Du, Johannes, du bist mir ein wenig zu schnell. Da komme ich nicht mit. Ich brauche erst ein wenig Zeit zum Nachdenken."

"Ja, bitte."

Johannes starrte Gerlinde an, wie sie ihren Kaffee trank und ihren Kuchen aß. Sie schaute verschämt auf den Tisch.

"Aber nächstes Mal kommst du wieder?"

"Ich weiß nicht. Das muss ich erst sehen."

Johannes schaute sie beim Abschied bittend an. Anscheinend meinte er es ernst, dass er sie wiedersehen wollte. Was Gerlinde wollte, wusste sie noch nicht. Vielleicht erst einmal nach Hause gehen und allein sein.

6. EIN EHRLICHES KOMPLIMENT

Ein seltsames, ungewohntes Gefühl begleitete Gerlinde für den Rest des Tages. Sie musste immer wieder an Johannes denken, wie er sie angeschaut hatte, wie er das Gespräch mit ihr gesucht hatte. Ob er es wohl ernst meinte, dass er sie gerne aufgefangen hätte, wenn er jünger gewesen wäre? Irgendwie passte das alles nicht zu ihrem Leben.

Als sie sich abends vor dem Schlafgehen die Haare bürstete, blieb sie sehr lange vor dem Spiegel stehen. Sie suchte nach Spuren der Attraktivität, die sie einst als junges Mädchen besaß. Sollte wirklich zwischen all den Falten noch ein Funken Jugend vorhanden sein? Hatte Johannes sich über ihre alten, grauen Haare lustig gemacht oder konnten noch andere Menschen Schönheit in ihrem Gesicht entdecken? Gerlinde wollte eine Antwort und wandte sich an Heinrich, der mit Schlafanzug bekleidet, den Kleiderschrank umräumte. "Heinrich?"

Heinrich reagierte nicht. Er war beschäftigt. Es war zwar schon spät am Abend, aber er musste unbedingt noch die Wäsche in die Schränke einräumen. Schließlich lag seine Mutter im Krankenhaus, sein Bruder war schon ausgezogen und so blieb an ihm die

Hausarbeit hängen. Wenn Mutter wieder heim käme, sollte sie stolz sein auf ihren Heinrich, der sich so gut um alles kümmerte.

Gerlinde wurde lauter: "Heinrich."

Heinrich zuckte zusammen. "Warum schreist du so laut? Ich bin doch nicht taub."

"Heinrich, findest du mich eigentlich noch schön?"

Heinrich war erstaunt über diese Frage. "Ja. Jede Frau ist schön." Und weil es ihn weiter nicht interessierte, widmete er sich wieder der Wäsche im Schrank.

Gerlinde fand die Frage aber wichtig. Sie wollte unbedingt eine Antwort. So stellte sie sich Heinrich in den Weg.

"Heinrich, wann hast du mich das letzte Mal angeschaut? So als Frau, mein ich?"

"Ich schau dich doch jetzt an."

"Und? Bin ich schön?"

Gerlinde hatte es geschafft, Heinrichs volle Aufmerksamkeit zu erlangen. Er musterte sie eindringlich. Dann gab er sein Urteil ab.

"Du bist alt. Du bist eine sehr alte Frau."

Gerlinde war enttäuscht. Sie legte ihre Bürste zurück, machte das große Licht aus. Jetzt brannte nur noch an Heinrichs Nachttisch die Lampe. Sie machte die Schranktür zu und brachte Heinrich ins Bett. Sie gab ihm einen Kuss auf die Wange.

"Gute Nacht, Heinrich, schlaf gut." sagte sie in trockenem Ton und sie erhielt die ganz normale Antwort: "Gute Nacht."

Dann verließ Gerlinde das Zimmer.

Sie ging zunächst in ihr Zimmer, setzte sich aufs Bett, aber vor lauter Gedanken konnte sie nicht schlafen. Am Vormittag noch bekam sie Komplimente von Johannes, jetzt schleuderte ihr Heinrich ein "du bist alt" entgegen.

Sie ging in die Küche, kochte sich eine Tasse Tee und ging damit ins Wohnzimmer. Die schwache Lampe neben dem Sofa unterstrich ihre traurige Stimmung.

Auf dem Sofa wickelte sie sich in eine Kuscheldecke. Tränen liefen über ihre Wangen. Sie nahm mehrere Familienfotos von der Kommode. Sie streichelte verheult ihr Hochzeitsfoto, ein Familienfoto als die Kinder noch klein waren, ein Foto mit Heinrich in sportlicher Haltung und den Enkelkindern, als diese zwei und sechs Jahre alt waren. Wie sehr sehnte sie sich nach den Tagen, als diese Fotos gemacht wurden. Damals machte er noch Komplimente. Damals brachte er sie mit seinem Humor zum Lachen. Schade, dass man die Zeit nicht mehr zurückdrehen konnte.

7. DIE SONNE GEHT AUF

Zwei Wochen später saß Gerlinde wieder in der Gruppe für Angehörige von Menschen mit Demenz. Diesmal fiel es ihr leichter zu kommen. Sie wusste ja, dass die anderen nett waren und einer ganz besonders. Auch die Räume fand sie inzwischen nicht mehr so bedrückend.

Sie kam schon eine Viertelstunde früher, damit sie ja nichts verpasste und wartete im Sitzkreis mit drei anderen Damen, als Johannes den Raum betrat und Gerlinde erblickte.

"Die Sonne geht auf." Das war wieder so ein komischer Spruch von Johannes. Aber Gerlinde gefiel es. Sie freute sich darüber, dass er direkt auf sie zuging, schaute aber verschämt weg. Zugeben wollte sie es nicht. Doch Johannes ließ sich davon nicht abschrecken und sagte mit ehrlicher Erleichterung über ihre Anwesenheit: "Ich hatte ja so eine Angst, du würdest nicht kommen. Gott sei Dank, du bist da!"

Die Stunde in der Gruppe ging schnell um. Nach dem Kaffeetrinken schlug Johannes vor, mit ihr eine Runde im Park spazieren zu gehen. Gerlinde verspürte ein leichtes Kribbeln im Bauch bei dem Gedanken an die

Zweisamkeit. Ob die anderen aus der Gruppe etwas gemerkt hatten? Zumindest hatte keine etwas gesagt.

Die Frühlingssonne tat gut. Sie half Gerlinde, ihre Gefühle zu ordnen, wie sie da an Johannes Seite ging. Mädchenhaft, wohltuend, verwirrend. So genau wusste Gerlinde nicht, mit welchem Wort sie ausdrücken könnte, was sie jetzt empfand. Um nicht mehr darüber nachzudenken, begann sie zu erzählen.

"Eigentlich wollte ich nicht in die Angehörigengruppe gehen. Ich hatte befürchtet, alle würden nur erzählen, was ihre Leute so alles anstellen. Und davon habe ich gewiss die Nase voll. Aber jetzt merke ich, ihr seid ja doch irgendwie nette Gleichgesinnte - das Wort hat meine Tochter benutzt."

"Ich habe gehofft, du würdest sagen, du freust dich, mich kennengelernt zu haben."

"Du bist ganz schön selbstbewusst. Glaubst du wirklich, alle Frauen fliegen auf dich?"

"Ich habe es gehofft. Übrigens: Ich genieße gerade den Spaziergang mit dir."

Sie gingen eine Weile still nebeneinanderher. Dann erzählte Johannes: "Früher bin ich oft mit Ingrid hier spazieren gegangen. Sie hat mich immer auf alle Blumen aufmerksam gemacht. Sie kannte alle Blumen mit Namen. Sie wusste soviel Interessantes über die meisten Pflanzen."

"Da hat sie ja etwas mit Heinrich gemeinsam. Er war Gärtner - Rosenzüchter. Einmal hat er sogar eine Silbermedaille gewonnen für eine seiner Rosen."

"Die hieß bestimmt Gerlinde."

"Nein. Er hat zwar mal eine Rose nach mir benannt. Aber die war leider nicht so robust. Die hatte viel Pflege nötig, um sicher durch den Winter zu kommen. Wir haben noch ein paar Wurzelstöcke im Garten stehen. Aber Heinrich meint leider immer noch, er sei Gärtner. Er schneidet ständig unsere Büsche und Blumen. Und so sieht die Rose Gerlinde in unserem Garten inzwischen aus wie ein Häufchen Elend."

"Dann müssen wir die Gerlinde retten. Darf ich sie mal sehen?"

"Ja, gerne. Wenn du willst, kann ich sie dir gleich zeigen."

Sie gingen zurück zum Ausgang des Parks und fuhren mit dem Bus zu Gerlinde.

Als Gerlinde den Schlüssel zu ihrem Gartentor umdrehte, kam es ihr komisch vor, dass Johannes hinter ihr stand. Ihr fiel ein, dass sie vor über fünfundzwanzig Jahren zu Kathrin sagte, dass sie es sehr schnell fand, einen Mann schon am Tag des Kennenlernens nach Hause mitzubringen. Naja, aber das war was anderes. Gerlinde und Johannes sahen sich ja heute schon zum zweiten Mal.

Gerlinde führte Johannes hinter das Haus zur Terrasse. Hier waren die meisten Rosen und vor allem die, auf die es heute ankam, die zarte Gerlinde.

Johannes ließ seinen Blick über den gesamten Garten streifen. Er versuchte alles genau zu erfassen, was zu Gerlinde gehörte.

"Das ist also dein Garten. Ich hab ihn mir ganz anders vorgestellt."

"Etwa so, dass man noch alles erkennen kann? Heinrich hat ihn angelegt und er war jahrelang ein Prachtstück. Aber seit Heinrich vor ein paar Jahren krank wurde, fing er damit an, seltsame Sachen zu machen. Letztes Jahr hat er noch umgegraben. Zum Glück fehlen ihm dazu jetzt die Kräfte."

"Ja, willst du ihn nicht wieder in ein Prachtstück zurück verwandeln?"

"Nicht solange Heinrich da ist. Er verwüstet doch nur alles wieder. Er sieht schlecht, kann sich kaum bewegen; aber Unordnung herstellen, das kann er noch."

"Darf ich dann die Gerlinde sehen?"

"Ach so, ja. Hinter dir. Wir sind gerade an den Überresten vorbeigelaufen. Sie ist so unscheinbar geworden. Da überall stand sie; in einem zarten Gelb. Ich glaub, es waren fünfzehn Rosenstöcke. Ein paar sind schon ganz eingegangen. Und die, die noch da sind, haben nur schwarzgefleckte Blätter, wenn sie überhaupt welche haben. Und auch im nächsten Monat kannst du die Knospen vergeblich suchen."

Gerlinde berührte und schüttelte leicht einen Trieb. Sofort fiel dieser mit Knospenansatz ab. Gerlinde schaute ihm nach.

"Darf ich eine Pflanze mitnehmen?" fragte Johannes. "Ich will versuchen, sie aufzupäppeln."

"Ja, gerne. Auf eine Pflanze mehr oder weniger kommt es in unserem Garten eh nicht mehr an."

Gerlinde holte eine Schaufel und einen Pflanztopf. Gemeinsam gruben sie einen Rosenstock aus und Johannes nahm ihn mit nach Hause.

8. ROSENZUCHT UND FREMDER MANN

Es war gar nicht nötig, Johannes die Telefonnummer zu geben. Mithilfe der Adresse fand er sie heraus und schon am nächsten Tag rief er Gerlinde an. Er erzählte, wie gut es der Rose auf seinem Balkon ging.

Am nächsten Tag rief er wieder an und am übernächsten Tag verabredeten sie sich. In den nächsten zwei Wochen hatten sie täglich Kontakt.

Da kam Gerlinde auf die Idee, einen Schritt weiter zu gehen.

"Sag mal, Johannes, jetzt hast du mir schon so viel von deiner Ingrid erzählt, darf ich sie auch mal kennenlernen."

"Ich dachte, dir reicht Heinrich. Vor einem Monat warst du doch noch felsenfest davon überzeugt, dass du nichts über andere Demenzkranke wissen willst."

"Ja, schon."

"Oder willst du deine Konkurrenz kennenlernen? Aber ich kann dir jetzt schon sagen, in puncto intelligente Gespräche bist du Ingrid haushoch überlegen."

"An was denkst du eigentlich sonst noch, du eingebildeter Kerl. Ich dachte nur, ich kenne dich jetzt schon ganz gut, kenne deine Wohnung, deinen Musikstil und Sonstiges. Da will ich auch wissen, wer deine Frau ist."

"Willst du nicht doch meine heimliche Geliebte sein."

"Ach, Johannes, das ist doch Quatsch. Jetzt sag schon, kann ich sie kennenlernen."

"Aber dann will ich auch deinen Heinrich kennenlernen. Und ich gebe zu: ich will meine Konkurrenz kennen."

"Ach, das bist wieder typisch du." Gerlinde konnte sich ein Lächeln nicht verkneifen.

"Wie wär's. Wir gehen heute nachmittag in die Tagespflege und überraschen die beiden. Vielleicht reden die beiden ja auch über uns."

In der Tagespflege hatte sich Heinrich gut eingelebt. Er hatte sich mit Ingrid angefreundet oder freundete sich täglich neu mit ihr an, wenn er erkannte, dass sie ebenfalls Blumen liebte.

Es war ein Glück für die beiden, dass in ihrer Tagespflege die gelernte Gartentherapeutin Frau Sonnleitner ihnen oft eine attraktive Tätigkeit anbot.

So saßen die beiden auch heute wieder auf der Terrasse an einem Tisch zum Umtopfen. Mitten auf dem Tisch stand eine große Schale mit Blumenerde, viele mittlere und kleinere Blumentöpfe und kleine Pflanzen von Blumen und Gräsern.

Eine Dame im Rollstuhl wurde von Frau Sonnleitner an den Tisch dazugeschoben. Die Dame störte Ingrid und Heinrich nicht, auch wenn sie ab und zu in die Schale mit der Erde griff und die Erde auf den Boden streute.

Ingrid amüsierte sich darüber, wie man sich in dem Alter so kindisch verhalten konnte, aber sie sagte nichts dazu. Dafür war sie viel zu höflich. Und außerdem sollte sie ja mit dem Mann neben ihr die kleinen Pflanzen umtopfen. Frau Sonnleitner brauchte sie für den Vorgarten. Gut, dass sie soviel Erfahrung hatte und eingreifen konnte, wenn der Mann neben ihr Fehler machte.

"Sie, Sie müssen weniger Erde nehmen. Da kann man ja die Pflanze gar nicht mehr sehen."

Heinrich schaute auf. "Ja?" Er schüttete etwas Erde ab und stellte den Blumentopf vor sich hin. Dann schaute er sich auf dem Tisch um, griff nach demselben Topf und schüttete wieder Erde drauf.

Ingrid bemerkte erneut den Fehler. "Jetzt ersticken Sie ja schon wieder die Pflanze. Sie müssen weniger Erde draufmachen." Sie lachte.

Heinrich hielt den Topf fest und betrachtete ihn genau. Dann schaute er zu Ingrid.

"Diese Rose habe ich gezüchtet. Ich habe dafür eine Silbermedaille gewonnen. Die Jury hat alle Rosen angeschaut, aber meine war die beste von allen. Das muss mir erst mal jemand nachmachen. Das hier ist ein Steckling von der Rose, jaah. Die wird nächstes Jahr blühen. Das ist eine Strauchrose."

"Aber nein, das sind doch nur Astern. Schauen Sie doch mal die Blätter an. Rosen haben doch richtiges Holz, auch wenn sie so klein sind."

Heinrich dachte nach, was er antworten sollte. Da kam gerade Frau Sonnleitner vorbei, um nach dem Rechten zu sehen.

"Na, geht's gut? Kommen Sie gut voran?"

Sicher konnte Frau Sonnleitner bestätigen, dass Heinrich falsch lag. Ingrid triumphierte innerlich bei diesem Gedanken.

"Wissen Sie, was er gerade erzählt hat. Er hat gesagt, dass er letztes Jahr einen Preis für eine Rose gekriegt hat. Und dass dies ein Steckling davon ist. Dabei sieht doch jeder, dass das eine Aster ist. Gell, das ist ein ganz schöner Schmarrn."

"Ja, der Herr Bergmann erinnert sich gerne an früher, als er noch gearbeitet hat. Tun Sie einfach so, als bemerken Sie es nicht. Es tut ihm so gut, wenn er beim Umtopfen dabei ist."

"Aber ich hab doch Recht, oder?"

"Ja!"

Heinrich war so mit dem Umtopfen beschäftigt, dass er gar nicht bemerkte, dass über ihn gesprochen wurde. Frau Sonnleitner ging weiter und die beiden topften einträchtig weiter um.

Da geschah es. Gerlinde und Johannes kamen zu ihrem Überraschungsbesuch. Johannes ging forsch auf Ingrid und Heinrich zu.

"Hallo, schöne Frau." rief er und versuchte, seine Frau zu umarmen.

Aber Ingrid wehrte ab. "Was soll das? Sie können doch nicht einfach so irgendeine Frau küssen, Sie Lustmolch."

Ingrid schaute Johannes eindringlich an. "Und überhaupt, wissen Sie eigentlich, wie alt Sie sind?"

Heinrich kam ihr zu Hilfe. "Genau. Sie sehen ja, sie will das nicht."

Gerlinde, die noch nicht dazu kam, ihren Mann zu begrüßen, mischte sich nun ebenfalls ein. "Aber Heinrich. Johannes ist der Ehemann von Ingrid."

"Und warum kennt sie ihn dann nicht?"

"Weil du auch nicht deine Ehefrau kennst?"

"Doch. Sie heißt Gerlinde. Und wir haben zwei Kinder: Kathrin und Robert."

"Und deine Enkelkinder?"

Heinrich hielt kurz inne. "Dafür ist Kathrin zu jung. Die soll erst einen Beruf lernen."

Es entstand eine beklemmende Stille. Nach einiger Zeit stieß Heinrich an einen Blumentopf. Er betrachtete den Blumentopf, dann schaute er sich auf dem Tisch um. "Kannst du mir mal den großen Topf geben?"

Ingrid drehte Johannes und Gerlinde den Rücken zu und half Heinrich beim Umtopfen. Eine unbehagliche Kälte durchströmte Gerlinde. Mit soviel Zurückweisung hatte sie nicht gerechnet.

Es lohnte sich nicht mehr, "auf Wiedersehen" zu sagen. Schließlich haben die beiden Demenzkranken den Besuch schon vergessen und sind wieder ganz in die Welt des Gärtnerns eingetaucht. Die zwei waren glücklich, als ihre Finger die Erde berührten.

Aber weder Johannes noch Gerlinde waren in der Lage, dieses Glück zu sehen. Zu sehr schmerzte die Zurückweisung.

Es war in der Rückschau ein gänzlich misslungener Besuch. Verstummt vom Anblick der abweisenden Rücken, drehten sie sich um und gingen weg.

Erst draußen vor dem Haupteingang des Seniorenzentrums blieben sie stehen und schauten sich schweigend an. Sie verstanden einander. Beide litten darunter, manchmal nicht erkannt zu werden. Beide sehnten sich nach der Zeit zurück, als jeder Gruß mit einem freundlichen Gegengruß beantwortet wurde. Beide erstarrten jedes Mal von neuem, wenn es wieder geschah.

Dann brach Johannes das Schweigen. Tränen liefen über seine Wangen.

"Wie so oft, habe ich mich auf die Begegnung gefreut. Ich dachte, vielleicht freut auch sie sich über einen Überraschungsbesuch und ich könnte dich vorstellen."

Er unterdrückte ein Schluchzen. "Ich erkenn sie gar nicht mehr wieder. Früher liebte sie meine spontane Art. Sie hat gelacht, wenn ich mit ihr geschäkert habe. Seit ein paar Jahren behandelt sie mich immer wieder wie einen Fremden. Dann erkennt sie mich wieder und ich denke, alles ist wie früher und dann stößt sie mich wieder aus heiterem Himmel vor den Kopf."

"Ach, komm." Gerlinde umarmte ihn und streichelte seinen Rücken verständnisvoll. Nach einer Weile schaute Johannes ihr tief in die Augen. "Danke, das hat gut getan."

Auch Gerlinde spürte, wie ihr dieses Trösten gut tat. Der Dank war eine Bestätigung, dass ihre Empathie angenommen wurde. Ihre Augen wurden feucht, als sie feststellte, dass sie diese Reaktion schon lange vermisste. Endlich erhielt sie wieder mal eine Antwort auf ihre zärtliche Berührung. Es tat ihr gut.

9. SEEFAHRT MIT FOLGEN

Gerlinde schaute aus dem Fenster. Sie hatte sich angewöhnt, in Ruhe noch eine Tasse Tee zu trinken, sobald Heinrich im Bus zur Tagespflege saß. Sie hing ihren Gedanken nach und wusste, dass keine plötzlichen Einfälle von Heinrich sie stören würden. Es war fast bedenklich normal, dass Gerlinde viele Stunden für sich hatte. Das schlechte Gewissen, das sie anfangs hatte, war verschwunden. Es war auch schon normal, dass sie sich mit Johannes traf oder mit ihm telefonierte. Sie freute sich über diese wohltuende Beziehung mitten in den Zeiten der Demenz.

Während Gerlinde über diese neue Normalität nachdachte, klingelte das Telefon.

Gerlinde hob ab. "Bergmann."

"Schön, dass du da bist. Hier ist Johannes. Hast du schon mal raus geschaut?"

"Ja, da ist nichts Besonderes. Der Garten sieht aus wie immer. Die Sonne scheint."

"Genau. Und bei diesem herrlichen Sonnenschein hab ich überlegt, ob wir nicht einen Ausflug an den See machen - mit Schifffahrt, Spaziergang an der

Uferpromenade, ein Eis im Seecafé. Nur wir zwei."

"Du, Johannes. Heinrich ist grad mal zwei Minuten aus dem Haus, da rufst du schon an. Ich muss doch erst noch die Spuren der Nacht beseitigen."

"Ach, das kannst du auch morgen machen, wenn es regnet. Der Ausflug geht nur heute, und zwar sofort. In acht Stunden müssen wir wieder zu Hause sein für unsere Lieben. Bitte, sag ja!"

"Na gut."

"Ich hol dich in einer halben Stunde ab."

"Das ist zu schnell."

"Dann in fünfunddreißig Minuten. Bis dann."

"Bis dann."

Johannes ließ Gerlinde kaum Zeit zum Nachdenken. Ein bisschen erinnerte sie die Situation an die Wochenenden, wenn nicht sie, sondern Heinrich den Tagesablauf bestimmte. Aber Johannes klang so aufgeregt, dass sie ihm die Freude machen wollte. Sie beeilte sich, um fertig zu sein, wenn er vor der Tür stand.

Johannes war so schnell wie versprochen. Kaum klingelte er an der Tür, schon drängte er Gerlinde ins Auto. Erst als sie die Stadt im Rücken hatten, fand Gerlinde Worte.

"So spontan hab ich schon lang keinen Ausflug mehr gemacht. Ich weiß gar nicht mehr, wie das geht. Und irgendwie hab ich das Gefühl, ich hab etwas vergessen."

Johannes, der die Organisation voll im Griff hatte, wischte ihre Bedenken beiseite: "Du bist dabei. Und mehr brauch ich nicht."

Er gab Gas, um noch schneller am Ziel zu sein.

Soviel Charme war Gerlinde nicht gewohnt. Kaum waren sie am Parkplatz angekommen, schon beeilte sich Johannes, Gerlinde die Tür zu öffnen und ihr beim Aussteigen zu helfen. Draußen streckte sie sich und blinzelte freudig der Sonne entgegen.

"Ah, wie schön!" Gerlinde spürte, dass sich ein schöner Tag anbahnte.

Johannes hatte für heute große Erwartungen und so versprach er: "Es wird noch viel schöner. Komm!"

Johannes bot ihr den Arm an und gemeinsam gingen sie zur Schiffsanlegestelle.

Dort studierten sie gemeinsam den Fahrplan der Ausflugsschiffe. Johannes kaufte die Tickets. Dann gingen sie zur Anlegestelle und aufs Schiff.

Aus der Suche nach einem guten Sitzplatz machte Johannes ein Spiel. Er gab zu bedenken, dass die Wahl des Sitzplatzes gut überlegt sein will. Vielleicht verbessere der Wind die Stimmung oder der Blick auf die Heckwelle wirke als Gute-Laune-Macher. Oder die Sonnenseite sei der entscheidende Glücksbringer für die Fahrt. Lachend und vergnügt gingen sie von der linken zur rechten Seite des Schiffes, von vorne nach hinten und entschieden sie sich schließlich für einen Sitzplatz mit guter Sicht nach vorne.

"Vielen Dank für die Einladung. Wo geht die Reise eigentlich hin?"

"Zuerst fahren wir bis ans Südufer, damit ich viel Zeit habe, zu sehen, wie deine Haare im Wind zerzausen."

Gerlinde strich sich die Haare mädchenhaft aus dem Gesicht.

"Dort steigen wir aus, spazieren zu einem wunderschönen Lokal, laufen von dort weiter zum Seecafé, wo es das beste Eis am See gibt, und dann gehts wieder mit dem Schiff zurück."

"Man könnte glatt meinen, der Ausflug ist gar keine spontane Idee."

Johannes grinste.

"Schau doch lieber mal die Landschaft an, wie klein die Bäume doch sind. Und da drüben sind lauter kleine Boote. Und das Wasser macht schöne Wellen. Und der Himmel ist blau."

Während Johannes immer unbekümmerter auf Gerlinde einredete, legte er seinen Arm um ihre Schulter. Gerlinde schaute auf seine Hand und beschloss, das zuzulassen. Irgendwie fand Gerlinde es schön, dass jemand extra für sie einen Ausflug organisiert hatte. Johannes sammelte gerade Pluspunkte und so lehnte sie ihren Kopf an seinen.

Am Südufer angekommen, verließen sie das Schiff. Gerlinde spürte sehr aufmerksam das Wackeln des Steges unter ihren Füßen. Darunter schwappten kleine Wellen ans Ufer, die den Steg noch schwankender aussehen ließen. Jeder Schritt war nur möglich, weil ihr Gleichgewichtssinn funktionierte und weil sie deutlich die festen Planken von den bewegten Wellen unterscheiden konnte. Gerlinde freute sich, so deutlich ihre körperlichen Kräfte spüren zu dürfen, was ihr zu Hause nie vergönnt wurde. Sie dachte an Heinrich, der ihr mit seinen kleinen Schrittchen täglich die Grenzen seiner physischen Möglichkeiten vorführte. Er könnte wahrscheinlich nicht den Steg benutzen.

Auf dem Weg zum Lokal schaute sie immer wieder vergnügt auf den See, die Landschaft, die Leute. Jeder Schritt war für Gerlinde eine Wohltat. Sie lächelte Johannes an, der ihr diese schönen Augenblicke schenkte.

Nach dem Mittagessen mit Blick auf den See, spazierten sie Hand in Hand am See entlang. Zunächst betrachtete Gerlinde nur die Schwäne, Enten und das Seegras. Doch dann fiel ihr auf, dass Johannes sie nicht zum Abstützen oder zum Führen an der Hand hielt. Die Hand war nur da, um zusammen zu sein, um Gemeinsamkeit zu spüren, einfach so. Es war wunderbar, einfach so die Hand zu halten.

Nach anderthalb Stunden kamen sie gut gelaunt im Seecafé an. Sie suchten wieder einen Platz mit Seeblick. Johannes stellte seinen Stuhl neben Gerlinde, damit sie beide den See sehen konnten. Die Bedienung brachte zwei große Eisbecher. Gerlinde genoss das leckere Eis sichtlich. Sie probierten gegenseitig ihr Eis und lächelten sich dabei an.

"Es ist herrlich, so verwöhnt zu werden! Erst die Schifffahrt bei Sonnenschein, das gute Mittagessen, der Spaziergang. Und jetzt auch noch das. Herrlich! Fast habe ich Heinrich vergessen. Mit ihm kann ich sowas nicht mehr machen. Ich glaub, wir hätten bis zu dieser Uhrzeit nicht mehr geschafft, als die Fahrkarten zu kaufen. Und dann hätte ich ständig Angst, er stolpert direkt ins Wasser. So haben wir seit drei Jahren keinen Ausflug mehr gemacht. Nur einmal waren wir beim 85. Geburtstag meines Schwagers. Aber das war ein Aufwand, das sag ich dir! Ich hab es nur geschafft, weil Kathrin und Robert geholfen haben."

"Seit Ingrid in der Tagespflege ist, mach ich öfter mal solche Ausflüge. Vorher ging es auch nicht. Immerhin kann ich mit ihr in den Botanischen Garten gehen. Da blüht sie mit allen Blumen auf."

"Mit Heinrich wär das nur peinlich. Er würde die Blumenbeete verwüsten und dann dem Gärtner einen Vortrag halten, wie er alles richtig macht. Wir waren die letzten Jahre eigentlich nur zu Hause. Und wenn die Kinder oder Enkelkinder auf ihn aufgepasst haben, habe ich nur die notwendigsten Besorgungen gemacht. Mensch, ich wusste gar nicht mehr, wie schön die Welt eigentlich ist."

Nach dem gelungenen Ausflug brachte Johannes Gerlinde nach Hause. Vor dem Haus schaltete er den Motor aus und schaute Gerlinde an.

"So, das wars jetzt. Der Ausflug ist zu Ende. Der Alltag beginnt. Auf Wiedersehen. Bis bald."

"Auf Wiedersehen. Schön war's."

Gerlinde konnte sich nicht aufraffen zu gehen. Sie saß immer noch da und starrte Johannes an.

"Du solltest dich abschnallen. Sonst kannst du nicht aussteigen."

"Ach so." Gerlinde schnallte sich ungeschickt ab und suchte den Türgriff. "Also dann."

Gerlinde drehte sich vor dem Aussteigen nochmal zu Johannes. Er griff ihre Hand, strich weiter hoch bis er ihren Oberarm festhielt.

"Ich will dich doch noch gar nicht gehen lassen."

Gerlinde gab ihm einen Abschiedskuss. Sie schauten sich an. Gerlinde fühlte ein wildes

Durcheinander in sich. Sie wollte auch noch nicht gehen.

Auf dem Schiff war etwas passiert, was nach mehr suchte. War es Dankbarkeit für die Möglichkeit, sich selbst wieder zu entdecken? War es die Entdeckung eines Menschen, der dieselben Bedürfnisse hatte, diese aber nicht mit dem Partner erfüllen konnte? War es die schlichte Freude über den Wind und die Wellen? Irgendwas war heute geschehen. Sie wollte seine Nähe und er suchte ihre Berührung. Sie umarmten und küssten sich kurz, aber heftig.

"So, jetzt muss ich aber wirklich gehen. Tschau." Gerlinde stieg aus und machte die Tür zu. Was war das? Das war doch kein normaler Abschied. Schnell ging sie ins Haus. Sie drehte sich nicht um, damit Johannes nicht das Lächeln in ihrem Gesicht sehen konnte. Sie war erleichtert, als sie hörte, wie das Auto wegfuhr. Jetzt konnte nichts mehr passieren.

Gerlinde wollte nicht, dass noch etwas passierte. Sie hatte Angst davor. Sie spürte, dass ihr Leben auf den Kopf gestellt werden könnte. Eigentlich wollte Gerlinde diesen Abschied schnell wieder vergessen. Aber je mehr sie sich um das Vergessen bemühte, desto mehr brannte sich das kribbelnde Gefühl bei dem Kuss in ihr Gedächtnis.

Sie verräumte die Handtasche, zog ihre Schuhe aus, ging in die Küche und bei allem spürte sie das aufregende Kribbeln in ihrem Bauch. Es war nicht wegzudenken.

Es klingelte. Gerlindes stille Fröhlichkeit überdeckte das nüchterne Klingeln und so strahlte sie immer noch über das ganze Gesicht, als sie Heinrich beim Gartentor in Empfang nahm.

Wie immer, bezog Heinrich jede Stimmung, die er feststellte, auf sich. "Gell, du freust dich, dass ich da bin?"

Gerlinde wollte ihm nicht die Stimmung verderben und bestätigte ihm: "Ja, Heinrich."

Gerlinde küsste Heinrich auf die Wange. Gemeinsam gingen sie ins Haus, während Heinrich von seinen vermeintlichen Tagesaktivitäten berichtete.

10. NICHT ERWISCHT

Am nächsten Tag klingelte es. Gerlinde öffnete die Haustür. Johannes trat stürmisch ein und begrüßte sie mit einem langen Kuss.

Gerlinde war überrascht. Einerseits gefiel es ihr, von Johannes so begehrt zu werden. Andererseits war es ihr peinlich. Gestern abend hatte sie sich doch so sehr um das Vergessen bemüht. Natürlich war der Versuch, alles zu vergessen, vergeblich. Aber das gab Johannes noch lange kein Recht, erneut das Kribbeln in ihrem Bauch anzuregen. Außerdem war sie doch mit Heinrich verheiratet.

"Was machst du denn hier?"

"Ich musste dich einfach sehen."

"Aber wo ist Ingrid? Heute ist Samstag. Da hat die Tagespflege doch nicht offen."

"Ingrid ist bei einer Nachbarin. Die verstehen sich gut miteinander. Sie ist öfter dort, wenn ich etwas zu erledigen habe."

"Und was hast du heute zu erledigen?"

"Na, dich sehen. Und umarmen. Und küssen. Wo ist Heinrich?"

"Ich denke, im Garten. Dort habe ich ihn zumindest zuletzt gesehen."

"Gut, dann haben wir sturmfreie Bude."

Johannes zog Gerlinde ins Wohnzimmmer aufs Sofa. Gerlinde lächelte verschämt und wehrte sich spielerisch wie ein junges Mädchen. Widersprüchliche Gefühle wühlten sie auf. Es gefiel ihr. Sie fühlte sich jung. Sie wurde begehrt. Aber sie durfte es doch nicht wegen Heinrich. Er war doch ihr Ehemann. Keine anständige, liebende Ehefrau macht so etwas.

Gerlinde war überwältigt von ihrer Gefühlswelt. Sie wollte nicht nachdenken über das, was geschah. So ließ sie alles zu, seine Streicheleinheiten, seine Küsse, sein selbstbewusstes Auftreten und seine Worte.

"Siehst du wie schön es hier ist. Und alles ruhig. Keiner stört uns."

"Du hast ja keine Bedenken. Aber ich habe so etwas noch nie gemacht seit über fünfzig Jahren."

"Dann wird es Zeit. Soviel Schönheit darf nicht brach liegen. Oh, so jung, so verführerisch."

"Du bist so stürmisch. Was ist, wenn Heinrich …?"

"Psst."

Johannes knöpfte Gerlindes Bluse auf. Gut, dass Gerlinde gerade heute den schönen Spitzen-BH angezogen hat. Vielleicht hatte sie ja heute morgen eine Vorahnung. Oder ihre eigene Verliebtheit spiegelte sich in der Wahl ihrer Kleidung wider. Johannes küsste und streichelte ihr Dekolleté. Gerlinde schaffte es, ihre Bedenken beiseite zu schieben. Sie genoss es. In diesem Moment gab es nur sie beide. Die Welt um sie herum war unwichtig. Es war fast wie damals als sie jung und ganz frisch in Heinrich verliebt war, nur dass es diesmal Johannes war und sie beide schon einige Falten hatten. Gerlinde schmunzelte bei diesem Gedanken.

Als sie plötzlich einen Schatten vor sich spürte, öffnete Gerlinde die Augen. Heinrich stand vor ihnen. In den Händen hielt er einen Stoß Geschirrtücher. Er musterte das Liebespaar. Gerlinde schaute erschrocken auf. Auch Johannes hielt inne und schaute erwartungsvoll auf Heinrich. Sie warteten auf das große Donnerwetter, das Heinrich gleich von sich geben würde.

Aber es geschah nichts. Heinrich blieb gelassen. Er hatte schon viele Liebespaare gesehen. Und er selber war auch schon mal verliebt. Er hatte Verständnis. "Lassen Sie sich nicht stören. Ich muss nur schnell die Handtücher wegräumen. Ich ruf Sie dann, wenn das Essen fertig ist."

Heinrich räumte die Geschirrtücher ins Regal und verließ das Wohnzimmer. Gerlinde und Johannes schauten ihm nach bis er weg war. Da hielt es Gerlinde nicht mehr aus. Sie heulte und schluchzte laut. Sie lehnte sich an Johannes. Dieser umarmte sie und streichelte ihr tröstend den Rücken.

"Er hat uns erwischt. Er hat uns inflagranti erwischt und hat es nicht mal gemerkt."

Gerlinde schluchzte laut auf.

"Er müsste doch eifersüchtig dazwischen gehen und dich verjagen. Stattdessen räumt er Handtücher auf. Er weiß nicht mehr, dass ich seine Frau bin."

Gerlinde war verzweifelt. Nie im Leben hätte sie sich so etwas vorstellen können. Knapp über fünfzig Jahre waren sie verheiratet. Sie haben sich geliebt. Sie sind in all den Jahren zusammengewachsen. Dann bricht sie die Treue und er räumt Handtücher auf. Ist das noch eine Ehe?

11. EINE FAMILIE DENKT NACH

Gerlinde war durcheinander. So viele unterschiedliche Gefühle kämpften in ihrem Inneren miteinander. Sie war verliebt in Johannes, enttäuscht von Heinrich, traurig über die unabwendbare Situation. Sie hatte Angst vor der Reaktion ihrer Kinder, war verwirrt beim Gedanken an die Zukunft.

Sie heulte und beschloss alles hinzuwerfen und wegzulaufen. Sie dachte schon darüber nach, ob sie einfach zum Bahnhof fahren sollte, um dort in den ersten Zug, der ins Ausland fuhr, einzusteigen. Auf den ersten Blick war das eine reizvolle Idee, alle Probleme hinter sich zu lassen. Sie müsste niemandem eine Antwort geben, denn sie wäre ja dann nicht mehr da.

Doch dann malte sie sich aus, was zu Hause los wäre. Der Busfahrer würde Heinrich am Spätnachmittag heimbringen und niemanden zu Hause antreffen. Dann würde er wahrscheinlich nach langer Zeit Kathrin anrufen, die dann käme. In der Zwischenzeit hätte Heinrich aber vor lauter Warten die Hose durchnässt. Alle würden sich fragen, was los ist. Nein, so ein Durcheinander wollte sie auch nicht stiften. Außerdem wäre Johannes nicht mehr bei ihr, wegen dem sie all diese Überlegungen anstrengte.

Also blieb sie und grübelte weiter, was sie tun sollte. Mit Johannes Schluss machen wollte sie nicht. Dafür waren die Schmetterlingsgefühle im Bauch zu schön. Vielleicht sollte sie es auf ein Plakat malen oder in einer Radio-Gruß-Sendung erzählen, was passiert sei. Dann wüssten es alle und sie müsste nicht jedem einzeln erklären, was mit ihr los sei. Aber das ging ja auch nicht.

So ging es einige Tage in ihr auf und ab. Sie vermied Begegnungen mit anderen Menschen, die erkennen könnten, dass sie etwas falsch gemacht hatte. Sie wollte unbedingt vermeiden, kritisiert zu werden. Sie war sich sicher, dass sich niemand mit ihr über ihre neue Liebe freuen würde. Also war es besser, niemand würde etwas erfahren. In diesem Moment beneidete Gerlinde solche Frauen, die ohne schlechtem Gewissen lügen konnten und schon ihr Leben lang immer wieder heimliche Affären hatten. Ihr fiel es schwer, mit einem Geheimnis oder gar einer Lüge zu leben.

In dieser Woche waren die Besuche von Johannes wunderschöne Lichtblicke. Dann spürte sie reine Verliebtheit und wünschte sich, der Augenblick möge nie enden.

Aber kaum war er weg, schon ging das Gefühlschaos wieder los. Alle Zweifel und ihr ganzes schlechtes Gewissen machten sich Platz in ihrem Herzen.

Der Sonntag mit dem familiären Kaffeetrinken rückte bedrohlich näher. Gerlinde wusste, dass sie ihren Kindern irgendwas sagen musste. Ausfallen lassen ging nicht, dann würde Kathrin alleine vorbeikommen und fragen, was los sei.

Es musste also stattfinden. Vielleicht würde sie Glück haben und die Enkel würden so viel reden, dass sie nicht dazu käme zu erzählen, was in letzter Zeit passiert war. Aber verlassen konnte sie sich nicht darauf. Gerlinde dachte darüber nach, was und wie sie es ihren Kindern sagen sollte. Doch je mehr und je länger sie darüber nachdachte, umsoweniger fand sie die richtigen Worte. Es konnte nur in einer Katastrophe enden.

Dann war es soweit. Eine Woche nach dem ersten Kuss standen Gerlindes Kinder und Enkelkinder für den monatlichen Sonntagskaffee vor der Tür.

Yannick suchte wie immer, wenn er kam, schnell seinen Opa. In dieser Hinsicht war auf ihren Enkel Verlass. Sobald Yannick das Haus betrat, wusste Gerlinde, dass sie nun für längere Zeit nicht mehr Heinrich nachlaufen musste. Er war versorgt.

Die nächsten fünfzehn Minuten konnte Gerlinde mit oberflächlichen Gesprächen für gute Stimmung sorgen. Sie sprach über die Blumen, die schon so schön blühten.

"Seht ihr, dass dieses Jahr viel mehr blüht. Heinrich hat viel weniger weggeschnitten als letztes Jahr. Er kommt durch die Tagespflege nicht mehr dazu."

Alle stimmten ihr zu. Dann richtete sich die Erwartungshaltung auf Kaffee und Kuchen. Markus holte gleich das Tablett mit dem Geschirr aus der Küche. Robert und Tanja bewegten sich erst, als Gerlinde sie dazu aufforderte, die Kissen für die Stühle zu holen.

Gerlinde fand es bemerkenswert, wie unterschiedlich ihre Kinder doch waren. Kathrin packte immer zu, wenn es was zu tun gab und ihr Mann war genauso. Robert und Tanja hingegen haben sich wahrscheinlich kennengelernt, als sie am Rand standen und den anderen beim Arbeiten zuschauten. Sie erzählten zwar immer eine andere Geschichte, aber so muss es nach Gerlindes Beobachtungen gewesen sein. Auf jeden Fall passten die beiden mit ihrem Interesse am Zuschauen zusammen.

Kathrin erkannte, dass es in der Küche noch was zu tun gab und drängte ihre Mutter dazu, ihr zu folgen. Heute ging es Kathrin weniger ums Helfen. Sie wollte mit ihrer Mutter ein paar Minuten allein sein.

Das war eine recht ungewohnte Situation. Letztes Jahr hatte Kathrin oft ihre Mutter am Telefon wie eine lästige Fremde abgewimmelt. Ständig wollte sie über ihr Schicksal reden. Es waren immer die gleichen Themen und die gleichen Worte. Es war ihr damals zuviel geworden. Jetzt war es andersherum. Ihre Mutter rief nur noch selten an. Sie war es jetzt, die das Gespräch suchte.

"Also wenn wir unseren monatlichen Sonntagskaffee nicht hätten, würde ich wohl gar nichts mehr von dir mitkriegen. Du hast seit Wochen nicht mehr angerufen."

"Na und? Vermisst du mich etwa?"

"Nein. Ich finde es nur ungewöhnlich. Früher hast du manchmal zweimal am Tag angerufen, um dich bei mir wegen Papa auszuheulen. Und jetzt hör ich gar nichts von dir. Papa hat sich doch nicht verändert?"

"Nein."

"Mir kommt es gerade. Du rufst mich weniger an, seit du endlich in diese Angehörigengruppe gehst. Hast du jemanden kennengelernt und Telefonnummern ausgetauscht?"

"Ja."

"Siehst du, du wolltest es mir ja am Anfang nicht glauben. Ich habe dir doch gesagt, du findest dort Gleichgesinnte, die dich verstehen. Und jetzt hast du auch noch eine Freundin, mit der du außerhalb der Gruppenstunden reden kannst. Das find ich toll."

"Wieso Freundin? Von Freundin hab ich doch gar nichts gesagt."

Gerlinde grinste geheimnisvoll. Kathrin fiel vor Entsetzen die Kinnlade herunter. In Kathrins Blick spürte Gerlinde, dass die Bombe geplatzt ist. Endlich! Jetzt konnte sie reden. Jetzt konnte sie alles sagen, was sie in der letzten Woche so bewegt hatte. Endlich konnte sie sich von ihrem Gefühlschaos befreien.

Von einer Sekunde auf die andere beschloss Gerlinde, keine Rücksicht mehr zu nehmen. Sollten doch die anderen schauen, wo sie mit ihren Gefühlen hin sollten. Naja, für Kathrin war es halt Pech, dass sie die Erste war, die alles erfuhr.

"Du hast einen Mann kennengelernt? Was machst du mit dem eigentlich?"

"Ja, wie du sagst, reden halt."

"Und sonst?"

"Wir haben letzte Woche einen Ausflug gemacht - mit Schifffahrt, Uferspaziergang. Was halt so mit Papa nicht mehr geht."

"Du grinst so komisch. Das heißt doch wohl nicht, dass ihr euch geküsst habt, oder?"

"Doch. Und ich sage dir, es ist richtig schön. Der Mann ist eine Wucht. Der kann küssen, sowas hab ich seit Jahrzehnten nicht mehr erlebt."

Kathrin atmete tief durch. "Und Papa? Hast du auch an ihn gedacht?"

"Papa nimmt mich doch schon lange nicht mehr als Frau wahr. Er hat es nicht mal gemerkt, als er uns beim Küssen zugeschaut hat. Für ihn gehöre ich doch nur noch zu seinem Personal. Ich will auch mal wieder Frau sein. Und Johannes hilft mir dabei."

"Aber Mama, das geht doch nicht!"

Kathrin schüttelte den Kopf, zuckte mit den Achseln. Sie wusste nicht, was sie noch sagen sollte. Da kam Markus zur Küchentür rein.

"Nach so langer Zeit müsste der Kaffee doch schon fertig sein?"

Gerlinde ließ Kathrin mit ihrer Ratlosigkeit stehen und drückte Markus die Kaffee- und die Teekanne in die Hand.

"Ja, hier sind Kaffee und Tee, die kannst du raustragen. Ich nehm das Tablett mit den anderen Sachen. Und dann rufen wir alle zu Tisch."

Sie war froh, dass sie es endlich gesagt hatte, aber sie war auch froh, dass Markus nach Kaffee fragte. So hatte sie einen Vorwand, das Gespräch mit Kathrin nicht weiter zu vertiefen. Sollte Kathrin sich doch genauso den Kopf zerbrechen, wie sie es in der letzten Woche getan hatte. Gerlinde hatte genug nachgedacht und Rücksicht genommen. Jetzt waren mal die anderen dran. Also raus zum Kaffeetrinken und den Tag genießen.

Kathrin drehte sich weg, damit Markus ihr Gesicht nicht sehen konnte. Um den Schein zu wahren, räumte sie das Kaffeepulver und die Teepackung in den Küchenschrank. Gerlinde begleitete Markus hinaus, als ob nie ein besonderes Gespräch stattgefunden hätte. Kathrin blieb allein in der Küche zurück.

Was bedeutete es eigentlich, wenn die eigene Mutter fremdging? Ihre Eltern waren immer das große Vorbild für Kathrin. Sie waren immer füreinander da. Kathrin wollte mit Markus genauso leben wie ihre Eltern. Aber was war deren Ehe noch Wert, wenn ihre Mutter sich gleich bei den ersten Problemen einem anderen Mann an den Hals warf?

Kathrin starrte auf den Küchenschrank. Sie hörte, wie sich ihre Familie wortreich an den Kaffeetisch setzte. Obwohl sie sonst immer dieses Familientreffen schätzte, wollte sie jetzt nicht dabei sein. Die Idee, mit ihrer Mutter an einem Tisch zu sitzen, fand sie gerade abstoßend. Sie blieb in der Küche und starrte weiter auf den Küchenschrank.

Draußen am Kaffeetisch blieb der Stuhl neben Heinrich leer. Heinrich schaute den Stuhl an und wartete. Gerlinde sah sich wieder in ihrem Element und eröffnete die familiäre Kaffeerunde.

"Ich freu mich, dass wir mal wieder in großer Runde zusammensitzen. Und besonders freu ich mich, dass du da bist."

Sie wendete sich liebevoll Sophie, ihrer jüngsten Enkeltochter zu. Heinrich beschäftigte sich weiter mit der Frage nach dem leeren Stuhl."Erwarten wir noch jemand?"

Markus antwortete: "Ja, Kathrin. Die räumt noch die Küche auf. Die kommt gleich."

Markus begann, Kaffee und Tee einzuschenken. Tanja schnitt den Kuchen auf. Heinrich zeigte auf den leeren Stuhl und fragte: "Erwarten wir noch jemand?"

Wieder antwortete Markus: "Ja, Kathrin. Die kommt gleich. Die macht die Küche noch sauber. Gleich ist sie da."

Tanja teilte den Kuchen aus und legte auch für Kathrin ein Stück hin.

"Für wen ist der Kuchen? Erwarten wir noch jemand?"

Jetzt schritt Gerlinde ein. "Ja, Kathrin. Vielleicht schmollt sie gerade und kommt deshalb später?"

Kathrin hörte von der Küche aus genau, was am Tisch gesagt wurde. In ihrem Kopf kreisten die Gedanken um ihren Vater, der krank war und sich nicht wehren konnte gegen das, was um ihn herum geschah und um ihre Mutter, die die Situation schamlos ausnutzte und eine Affäre mit einem anderen Mann angefangen hatte. Für sie war es Verrat am Vater. Dass sie jetzt auch noch schlecht über sie sprach, brachte Kathrin völlig in Rage. Sie stürmte zur Terrassentür heraus an den Kaffeetisch. Sie war erregt.

"Das sagt grad die Richtige. Ich habe jetzt lange genug nachgedacht. Ich werde nicht mit euch Kuchen essen. Ich setz mich doch nicht mit einer Ehebrecherin an den Tisch."

Kathrin stürmte zurück ins Haus.

Markus ahnte, dass seine Schwiegermutter seiner Frau vorhin in der Küche irgendwas schlimmes gesagt haben musste. Er sprach Gerlinde dirket an: "Was ist hier eigentlich los? Worüber habt ihr in der Küche geredet?"

"Ich habe jemanden kennengelernt und Kathrin gönnt mir das nicht." Demonstrativ steckte sich Gerlinde ein Stück Kuchen in den Mund und kaute.

Mehr brauchte Markus auch nicht zu hören. Er stand auf und ging ins Haus, um Kathrin zu suchen.

Gerlinde tat immer noch so, als sei sie unbeeindruckt von dem, was gerade geschah.

Doch gerade dadurch verunsicherte sie ihre Familie noch mehr. Yannick war der erste, der ein Ende dieser unguten Stimmung forderte. "Oma, kannst du mal aufhören zu essen und uns sagen, worum es geht."

"Hab ich doch gesagt, ich hab jemand kennengelernt."

"Und weiter?"

"Also, er heißt Johannes. Seine Frau besucht mit Heinrich dieselbe Tagespflege. Wir haben uns in dieser Angehörigengruppe kennengelernt. Johannes ist sehr nett."

"Seid ihr etwa zusammen? Also so richtig?"

"Ja. Wir küssen uns sogar und es ist schön. Heinrich kommt ja nicht mehr auf so eine Idee."

Yannick hatte seine Pubertät schon überwunden. Er war zwar überrascht, hielt aber seine Gefühle zurück.

Ganz anders Dana, die noch mitten in der Pubertät steckte und sich sehnlichst einen Freund wünschte. Für sie war schon die Vorstellung schwierig, dass ihre Eltern, geschweige denn ihre Großeltern jemals Sex miteinander hatten. Und nun hörte sie, dass ihre Großmutter jetzt in dem hohen Alter noch ein Liebesleben mit einem Fremden hatte. Das war ihr zuviel.

"Aber Oma, das geht doch nicht. Du kannst doch nicht mit einem wildfremden Typen rumknutschen. Und was ist so schlimm, wenn Opa das nicht mehr tut? Ich mein, es ist doch normal, wenn es in eurem Alter etwas ruhiger ist."

Gerlinde ließ das nicht auf sich sitzen. Heute war auch nicht der Tag, an dem sie feinfühlig sein wollte.

"So denkst du also. Du hast ja gar keine Ahnung. Auch in meinem Alter hat eine Frau noch Bedürfnisse. Nur weil du keinen Freund hast, brauchst du nicht glauben, dass das auch im Alter wieder zum Normalfall wird."

Dana war gekränkt. Alle heilen Vorstellungen, die sie von ihrer Großmutter hatte, waren erschüttert. Sie musste weg von ihr, wollte aber auch nicht allein sein. Zum Glück war ihre kleine Cousine da. Die konnte ihre Oma bestimmt auch nicht ertragen.

"Komm, Sophie, wir gehen etwas spielen. Das ist nur was für doofe Erwachsene."

Dana nahm Sophie an der Hand und ging mit ihr ins Haus.

Gerlinde blieb bei ihrer Haltung und blaffte diejenigen an, die am Tisch sitzengeblieben sind.

"Ihr schaut alle so verdutzt. Wollt ihr ihn kennenlernen? Was haltet ihr davon, wenn er mit Ingrid zu unserem nächsten Sonntagskaffee dazukommt?"

Keiner antwortete und so fuhr Gerlinde fort.

"Gut, dann machen wir das so. Ich lad die beiden ein."

Heinrich beschäftigte sich immer noch mit der Frage nach dem leeren Stuhl. Er wunderte sich, dass gleich mehrere Stühle leer waren und der Kuchen schon ausgeteilt war. Das passte nicht zusammen. Er fragte: "Erwarten wir noch jemand?"

Bis auf Gerlinde schauten ihn alle sprachlos an.

Währenddessen kauerte Kathrin auf dem Sofa. Sie sehnte sich nach Trost, einer zärtlichen Umarmung durch ihre Eltern.

"Alles ist wieder gut, Kleines!" sollten sie sagen. Aber stattdessen kam nichts. Ihr Vater konnte nicht mehr, ihre Mutter wollte nicht mehr. So zog sie sich die Kuscheldecke bis zum Hals hoch und heulte in ein Sofakissen, das sie sich ans Kinn presste. Sie blickte auch nicht hoch, als sich Markus zu ihr setzte und seinen Arm um ihre Schulter legte. Sie kuschelte sich an ihn und heulte weiter.

"Mama hat Papa verraten."

Kathrin schluchzte bei diesen Worten.

"Ich wollte doch nur, dass sie Leute findet, mit denen sie mal reden kann, abgesehen von mir. Aber dass sie dann gleich, äh. Das ist unfair! Papa kann doch nichts dafür, dass er krank ist. Wenn Mama krank wäre und Papa sie pflegen würde, er hätte bestimmt nichts mit einer anderen Frau angefangen."

"Bist du dir sicher?"

Kathrin hob den Kopf hoch und schaute ihren Mann misstrauisch an.

"Bist du etwa auf ihrer Seite? Nein, Papa ist nicht so und er war früher auch nicht so. Und es ist nicht selbstverständlich, sich sofort woanders umzuschauen, wenn es zu Hause nicht mehr so klappt. Schau dir doch die anderen an. Die pflegen jahrelang ihren Partner, sind danach noch jahrelang verwitwet und denken keine Sekunde darüber nach, mal wen anderes auszuprobieren. Nur meine Mutter. Die vergisst natürlich, dass sie vor vielen Jahren das Gelübde abgelegt hat "in guten wie in schlechten Zeiten". Vielleicht ist sie ja auch dement und hat vergessen, was sie vor zweiundfünfzig Jahren mal gesagt hat."

"Ich war auch überrascht als sie uns das verkündet hat. Aber versetz dich doch mal in ihre Lage. Heinrich ist nicht mehr so wie früher."

Kathrins Misstrauen gegen ihren Mann wurde stärker.

"Warum zeigst du soviel Verständnis? Gehst du etwa auch fremd, weil das alles so normal ist?"

"Nein! Bei uns läuft doch auch alles gut. Wir können normale Gespräch führen. Wir verstehen einander. Wir leben beide in derselben Welt, sind auf einer Wellenlänge. Und ich habe auch immer noch Lust auf dich."

"Aber Mama ist sechsundsiebzig. Irgendwann muss die doch mal kapieren, dass das ein Ende hat."

"Sie fühlt sich aber noch nicht so alt."

Kathrin fand es immer unerträglicher, dass Markus so verständnisvoll sprach, wo doch Unverständnis angesagt war.

"Solange du dich so für diese Ehebrecherin einsetzt, will ich dich nicht hier haben. Lass mich bitte allein. Ich komm später."

Kathrin schob ihn weg. Markus kannte seine Frau und wusste, dass es keinen Sinn hatte, weiter auf sie einzureden. So ließ er sie allein auf dem Sofa zurück und ging wieder nach draußen.

Kathrin sah ihm nach, als er das Zimmer verlies. Sie war schockiert über seine Worte. Hatte er so eine gelassene Einstellung zur Ehe an sich? Oder wollte er sagen, dass ihm die Ehe seiner Schwiegereltern völlig egal sei? Sie wusste es nicht. Doch eines war klar, sie musste sich jetzt nicht nur Gedanken über ihre Eltern machen, sondern auch über ihre eigene Ehe. Das war doch wahrlich ein bisschen viel auf einmal.

Sie kuschelte sich stärker an das Sofakissen, das im Moment wohl ihr einziger Freund war. Es widersprach ihr nicht, wenn sie schlecht über ihre Mutter sprach und hatte stets eine trockene Stelle, wenn ihr eine Träne über die

Wange lief. Man könnte denken, das Kissen war nur ein schwacher Trost in dieser schweren Stunde. Doch was anderes würde sie an diesem Nachmittag nicht finden. Und besser als ein widersprechender Ehemann war ein stummes Kissen allemal.

Ein Stockwerk höher versuchte auch Dana ihre Gedanken über das anscheinend unmoralische Verhalten der Großmutter auszudrücken. Sie hatte ihre kleine, unschuldige Cousine Sophie ins Haus, die Treppe nach oben und rein ins Gästezimmer geschoben. Sophie hatte nicht verstanden, worum es eigentlich ging und ließ daher einfach alles mit sich machen.

Das Gästezimmer war früher mal das Zimmer von Kathrin. Dana fand es immer schön, wenn sie bei Oma übernachten durfte, dass sie dann im alten Jugendbett ihrer Mutter schlief. Und heute war es ihr besonders wichtig, von den Jugendmöbeln ihrer Mutter umrahmt zu sein, wenn sie an das abartige Verhalten ihrer Oma dachte.

In diesem Zimmer hatte Gerlinde noch paar Kinderspielsachen aufgehoben. Ob sie daran dachte, noch ein viertes Enkelkind zu bekommen oder einfach nur nicht dazukam, den Kram zu entsorgen, war nicht klar. Für Dana war es auf jeden Fall gut, dass noch alles da war.

Sie holte einen Stoffball aus dem Regal und schmiss ihn auf den Boden. Sie trat den Ball in alle Richtungen und schnaubte zornig dabei. Sophie wusste nicht recht, was sie denken sollte und nahm den Teddybär in die Hand, der neben ihr auf dem Bett lag.

"Gut, dass Oma das Babyspielzeug für dich aufgehoben hat." sagte sie, um Dana zu einem Gespräch aufzufordern. Dana stieß den Ball unter das Bett und schaute Sophie hilfesuchend an. Die Welt wirkte etwas verdreht. Normalerweise suchen doch die kleinen Kinder bei den Großen Hilfe. Doch heute suchte sich die vierzehnjährige Dana ein siebenjähriges Mädchen als Ratgeberin aus.

"Oma ist gemein."

Ärger und Hilflosigkeit mischten sich in Danas Gesicht mit Ekel.

"Und außerdem finde ich es ekelhaft, wenn Oma jemand anderen küsst."

"Wieso? Ich dachte, du träumst auch davon, einen Freund zum Knutschen zu haben."

Zur Veranschaulichung knutschte Sophie geräuschvoll ihren Teddy.

Das erregte noch mehr Danas Ekel.

"Ihh. Hör auf. Das hört sich ja ekelhaft an. Wenn ich einen Freund hätte, dann wäre das normal. Ich bin ja vierzehn. Aber Oma ist sechsundsiebzig. Da ist man zu alt. Bist du etwa zu klein, um das zu kapieren? Das ist nur voll ekelhaft."

Sophie sah das alles gelassener. Sie verstand wirklich nicht, warum sich ihre Cousine so aufregtre. In ihrer Kindergartenzeit hatte sie mindestens vier verschiedene Männer gesehen, die ihre Lieblingserzieherin abgeholt und geküsst haben. Und diese Erzieherin war trotzdem total nett. Sie fand das in Ordnung.

Aber zugeben konnte Sophie ihre Meinung nicht. Dafür war ihre Cousine zu aufgeregt. Darum antwortete Sophie knapp: "Weiß nicht?"

Dana merkte, dass sie bei ihrer Cousine nicht weiterkam. Sie war mit ihren sieben Jahren noch zu klein, um Danas Gedanken zu verstehen. Immerhin taugte die Kleine als gute Ablenkung. Und da die beiden eh schon im Spielzimmer waren, sagte Dana:

"Ach, komm. Spielen wir lieber was."

"Meinetwegen."

Dana holte ein Kindergesellschaftsspiel aus dem Regal und setzte sich an den Tisch. Für ein Spiel mit Farbwürfeln war Dana doch eigentlich zu alt, dachte sich Sophie. Aber nach allem, was Dana heute sonst so von sich gegeben hatte, wunderte sie nichts mehr. Da Sophie heute ihren sozialen Tag hatte, sagte sie nichts dazu, sondern setzte sich an den Tisch und würfelte mit ihrer Cousine ohne weiter über ihre Oma zu reden.

Zur selben Zeit saßen immer noch Gerlinde, Heinrich, Robert, Tanja und Yannick auf der Terrasse am Kaffeetisch. Die Gedecke der anderen starrten wie Mahnmale in die Runde. In Kathrins Tasse färbte sich der Milchschleier auf dem erkaltenden Kaffee grau. Sollten sie warten bis auch ihre Getränke und Kuchen ihnen den Appetit raubten? Lange schwiegen sie.

Doch dann brach Heinrich die Stille, indem er nach seiner Teetasse griff und laut schlürfte. In solchen Momenten ist es ein Segen für Menschen mit Demenz, dass sie plötzlich von neuen Gedanken heimgesucht werden und sich nicht mehr daran erinnern, was gerade noch los war.

Das Schlürfen wirkte deplatziert und löste dadurch ein kurzes erleichtertes Grinsen bei den anderen aus.

"Opa, du bist richtig gut. Egal, was um dich herum los ist, du tust einfach, was du willst. Du hast recht. Wir können jetzt essen. Die anderen kommen nicht mehr."

Yannick aß seinen Kuchen und sein Onkel und dessen Frau machten es ihm nach. Aber immer noch wusste keiner, was er sagen sollte. Yannick war es unangenehm neben seinem Opa über seinen Opa zu reden. Die Stille war für ihn aber genauso unerträglich.

Er warf Tanja, Robert und Gerlinde immer wieder fragende Blicke zu. Aber keiner sagte etwas. So war es wieder Yannick, der die Stille brach.

"Opa, hat es geschmeckt?"

"Ja."

"Mir hat es auch geschmeckt. Sag, Opa, kannst du mir mal zeigen, wie eine Hortensie aussieht? Mama spricht die ganze Zeit davon."

"Ja, da hinten steht eine, ich zeig sie dir."

Natürlich war es eine Ausrede. Aber Yannick konnte nicht vor seinem Großvater die Wahrheit sagen, dass er die Situation nicht aushielt und einfach nur weg wollte. Er half Heinrich beim Aufstehen und beim Gehen. Als sie dann langsam an der langen halbleeren Kaffeetafel vorbeigingen, konnte es sich Yannick nicht verkneifen, seiner Großmutter, seinem Onkel und dessen Frau zuzuzischen:

"So, jetzt könnt ihr ja miteinander reden. Wir sind jetzt erst mal weg."

Im hinteren Teil des Gartens hatten sie endlich Ruhe. Heinrich triumphierte auf mit seinem Gärtnerwissen. Normalerweise war es ermüdend, Heinrich bei den immergleichen Erklärungen zuzuhören, aber heute fand es Yannick angenehm beruhigend. Er musste nicht nachdenken und war nicht den Launen seiner Mutter, Schwester und Großmutter ausgeliefert. Als sich dann noch sein Vater dazugesellte und das belanglose Gespräch übers Gärtnern förderte, war die heile Welt für diesen Tag wiederhergestellt.

Gerlinde trank Kaffee. Irgendwie war heute alles aus dem Ruder gelaufen. Alle waren eingeschnappt, nur weil sie von ihrem neuen Freund erzählte. Normalerweise war sie diejenige, die sich immer um die Bedürfnisse der anderen kümmerte und dafür sorgte, dass es allen gut ging. Aber heute ging das nicht. Sie spürte eine Eigendynamik, die sie nicht mehr steuern konnte. Wie auch? Schließlich war sie nicht Beobachterin, sondern Teil der ganzen Aufregung.

Alle luden ihren Frust in den verschiedensten Winkeln von Haus und Garten ab, außer Robert. Der saß wie ein erstarrter Stein auf seinem Stuhl und bewegte sich nicht. Robert war noch nie fähig, sich auf die Probleme anderer einzulassen. Er wartete immer ab, was geschah und ergriff nie die Initiative. Gerlinde war genervt, dass ausgerechnet er sitzen blieb. Er sah aus, als würde er versuchen etwas zu sagen, aber es gelang ihm nicht. Von Tanja war Gerlinde genauso genervt. Mit ihr konnte sie sich noch nie richtig unterhalten. Wenn sie nicht ihre Schwiegertochter wäre, hätte sie wohl gar nichts mit ihr zu tun.

Um ihrem Angenervtsein ein Ende zu bereiten, ergriff Gerlinde das Wort: "Wollt ihr euch vielleicht auch die Hortensien anschauen?"

"Äh, nein, äh," stotterte Robert. "Äh. Der Kuchen war lecker. Danke. Das hast du wieder gut gemacht."

"Danke für das Kompliment. Ich weiß, dass ich noch immer einen Zwetschgenkuchen hinkriege. Und bei deinem Vater kannst du dich auch bedanken. Er hat fleißig mitgeholfen. Einen Teil der Zwetschgen hat er ordentlich auf den Teig gelegt. Den anderen Teil fand ich später auf einem Haufen im Garten. Ich hoffe du schmeckst den Unterschied."

Da weder Robert noch Tanja etwas dazu sagten, sprach Gerlinde in bestimmten Ton: "Es isst ja jetzt keiner mehr. Ich bringe jetzt die Sahne in den Kühlschrank bevor sie schlecht wird."

Sie stand auf, nahm die Sahne und brachte sie in die Küche.

Nun saßen Tanja und Robert allein am Kaffeetisch. Der Tisch bot einen bedrückenden Anblick. Da stand dreckiges Geschirr neben dem unbenutzten von Kathrin, die sich von Anfang an, weigerte, mitzuessen. Noch einen Platz weiter erinnerte der angebissene Kuchen von Dana an ihren plötzlichen Aufbruch. Tanja fühlte sich so wie der Tisch aussah: nichts Halbes und nichts Ganzes. Schon seit ihrer Hochzeit war sie nie die geliebte Schwiegertochter. Sie war immer nur akzeptiert, weil sie halt zu Robert und Sophie dazugehörte. Was sollte sie jetzt machen? Was sollte sie denken? Sie hatte ja zu beiden nie ein besonders herzliches Verhältnis. Eigentlich war es ihr egal, ob die Ehe von Gerlinde und Heinrich zerrüttet war. Sie wollte nur nicht da hineingezogen werden. Und genau davor hatte sie Angst? Sie schaute Robert eindringlich mit ihren besorgten Augen an.

"Wieso fängst du mit dem Kuchen an? Und fragst nicht nach, was es mit diesem Johannes auf sich hat?"

"Du hättest ja auch fragen können."

"Es ist deine Mutter. Sowas kann nicht ich fragen. Hast du schon mal drangedacht, was wir machen - ich meine uns beide - wenn sie mit diesem Johannes durchbrennt und Kathrin und Markus ihren Beruf vorschieben, um sich ja nicht um Heinrich kümmern zu müssen? Dann bleibt es an mir hängen. Denn du gehst ja auch den ganzen Tag arbeiten."

"Wie kommst du darauf? Davon hat sie doch gar nichts gesagt."

"Nein. Aber sie wird uns ganz plötzlich vor neue Tatsachen stellen. So wie sie auch heute uns einfach vor die Tatsache gestellt hat, einen Freund zu haben. Du musst mit ihr reden. Sie ist deine Mutter. Und ich bin deine Frau und du musst mich vor zuviel Arbeit schützen. Also, red mit ihr."

"Ja, mach ich."

Langsam wurde es kühler. Die Sonne stand nicht mehr so hoch wie zu Beginn des Sonntagskaffees. Was war das überhaupt für ein Sonntagskaffee, wenn sich alle in unterschiedliche Ecken von Haus und Garten zurückzogen? Eigentlich hätte jeder zuhause bleiben können. Das wäre harmonischer. Naja, es war eh bald Zeit zu gehen. Kathrin ging pflichtbewusst auf die Terrasse und deckte den Tisch ab. Markus und Robert halfen schweigend, da sie auch nicht recht wussten, was sie sonst tun sollten. Gerlinde packte gewohnheitsmässig mit an. Nur Tanja stellte sich ein wenig abseits hin und beobachtete die Familie als würde sie selbst nicht dazugehören.

Kathrin hatte immer noch verheulte Augen und schniefte gelegentlich. Als sie vor ihrem Platz stand, nahm sie ihre bis jetzt unbenutzte Serviette, wischte sich die Tränen ab und schnäuzte ihre Verzweiflung laut in die Serviette. Gerlinde unterbrach ihre Arbeit, um Kathrin zu trösten. Aber Kathrin schüttelte sich los, als Gerlinde versuchte, ihr die Hand auf die Schulter zu legen.

"Lass das! Du hast meinen Papa verletzt und damit auch mich. Ich weiß nicht, ob ich dir noch trauen kann, dass es ihm bei dir gut geht."

"Ach Kathrin. Ich hab doch Papa auch noch lieb. Ich will doch nur etwas, was ich von Papa nicht mehr kriegen kann. Aber er bleibt weiterhin mein Mann. Und ich werde weiterhin für ihn mein Bestes geben. Da brauchst du dir keine Sorgen machen. Ich lass ihn nicht allein."

"Ja?"

"Komm, lass dich drücken."

Kathrin ließ die Umarmung ihrer Mutter zu, erwiderte sie aber nicht. Sie heulte wieder. Da schritt Markus ein und legte Kathrin von hinten seinen Arm um ihre Hüfte. Daraufhin wendete sich Kathrin von Gerlinde ab, umarmte Markus und heulte inniglich bei ihm weiter. Gerlinde hatte Mitleid mit ihrem Kind. Es tat ihr Leid, ihr nicht behutsamer von ihrem neuen Freund erzählt zu haben. Noch vor zwei Stunden ahnte sie nicht, wie verletzend ihr neues Glück für andere sein könnte. Es würde wohl noch lange dauern bis das alte Vertrauensverhältnis wieder hergestellt war. Ein betrübtes Gewissen nagte an Gerlinde, als sie ihre Tochter so weinen sah.

Als der Tisch abgedeckt und die Küche sauber war, versammelten sich alle im Flur, um sich zu verabschieden. Es herrschte eine bedrückende Stimmung. Noch so viel Unausgesprochenes lag in der Luft. Jeder konnte etwas zum Nachdenken mitnehmen.

Dana zeigte ihre Gefühle ganz offen. Sie schaute Gerlinde böse an und drehte sich zu Heinrich.

"Tschüß, Opa. Bis zum nächsten Mal."

"Tschüss, mach's gut." antwortete Heinrich lächelnd. Dana drehte sich zu ihrem Onkel und seiner Familie. "Tschüss, Robert; Tschüss, Tanja; Tschüss, Sophie." Dann ging sie zur Tür.

Ihr Vater ermahnte sie: "Du hast noch jemand vergessen."

Doch darauf entgegnete Dana patzig: "Nein, ich hab an alle gedacht, die es verdient haben."

Und damit verließ sie als Erste das Haus. Markus versuchte, sich bei Gerlinde für das Benehmen seiner Tochter zu entschuldigen. Doch Gerlinde sah ein, dass sie gewaltige Gefühle in dem Mädchen wachgerüttelt hatte und dass sie Zeit brauchte, um darüber nachzudenken.

"Ist schon in Ordnung. Morgen sieht der Tag für sie bestimmt anders aus. Tschüss."

Markus hoffte, dass sie recht behalten würde. Denn lange würde er es auch nicht aushalten, wenn seine Frau und seine Tochter wegen so einer Kleinigkeit so bedrückt wären. Schließlich war niemand gestorben. Gerlinde hatte sich einfach nur einen Freund angelacht. Wenn er nett war, warum nicht. Und wenn sie davon erzählte und es nicht verheimlichte, um so besser. Naja, erst mal abwarten. Morgen würde der Tag vielleicht wirklich anders aussehen.

Tanja hatte ihren inneren Ärger mit nach draußen genommen. Es ärgerte sie, dass Robert so tat, als ob nichts geschehen wäre. Beim Auto, machte er schlicht die Tür auf sagte zu Sophie: "Komm, rein mit dir."

Er hätte deutlicher mit seiner Mutter reden müssen. Sie stieg nicht ins Auto ein und hielt auch Robert davon ab. Erst musste das noch geklärt werden.

"Du hast nicht mit ihr gesprochen."

Robert fühlte sich zu Unrecht angegriffen.

"Wieso? Es ist doch alles in Ordnung. Du hast doch gehört wie sie gesagt hat, dass sie weiterhin für Papa sorgen wird. Dann wird sie das auch tun."

"Du verstehst nicht. Du musst ihr das klar sagen. Ich will nicht, dass es plötzlich heißt, ich müsste mich um deinen Vater kümmern, weil sonst niemand da ist."

"Ach, du siehst das alles viel zu schlimm."

"Und du bist konfliktscheu."

"Musst du das vor dem Kind sagen?"

"Sag ich doch. Du bist konfliktscheu."

Tanja fuhr unzufrieden nach Hause.

Der einzige, der den Tag rückblickend als gelungen empfand, war Heinrich. Als Gerlinde ihn beim Zubettgehen fragte: "Und Heinrich, wie war der Tag heute für dich?", antwortete er: "Heute war ein guter Tag. Ein Ehepaar kam in den Laden, die haben mich nach meiner preisgekrönten Rose gefragt."

12. LIEBE, PFLICHT UND EIN RECHT AUF FREIHEIT

Am Montagmorgen machte Gerlinde Heinrich fertig für die Tagesstätte. Zum vierzigsten Mal wiederholte er an diesem Morgen die Frage, wo er denn heute hingehen sollte. Gerlinde lächelte. So schlimm die Krankheit war, immerhin wusste er nichts vom Familienstreit am Sonntag und nichts konnte seine gute Laune verderben. Sie winkte ihm gedankenverloren nach, als er in den Bus stieg.

Zwei Stunden später war sie mit Johannes verabredet. Sie trafen sich im Stadtpark. Gerlinde hakte sich bei Johannes ein und sie spazierten los. Worüber sollten sie reden? Nicht über Sonntag. Diesen Tag wollte Gerlinde aus ihrem Leben ausklammern. Sie wünschte sich, dass Johannes nicht nachfragen würde. Aber schweigend neben ihm gehen, hielt sie auch nicht aus. So begann sie das Gespräch.

"Ein herrlicher Tag heute, nicht wahr?"

"Ja."

"Und die schönen Blumen."

"Ja."

"Man könnte jeden Tag hier bei diesem Sonnenschein verbringen."

"Was willst du mir eigentlich sagen?"

"Ich hab es den Kindern am Sonntag gesagt."

"Was?"

"Na, dass wir zusammen sind."

"Und wie haben sie reagiert?"

"Ich hätte es mir ja denken können. Kathrin hat mir gleich Vorwürfe gemacht, ich würde Heinrich verraten. Robert hat es die Sprache verschlagen. Seine Frau hat sich auf die Zunge gebissen, um ja nichts falsches zu sagen. Dana ist wütend weggegangen und hat mich beim Verabschieden ignoriert."

"Und du selbst? Wie siehst du das?"

"Ich weiß nicht. Irgendwie ist es ja doch Verrat an Heinrich. Wir haben uns ja am Traualtar versprochen "in guten wie in schlechten Tagen". Und jetzt suche ich in den schlechten Tagen nach einer bequemen Lösung."

"Es ist keine bequeme Lösung. Bequem wäre, wenn wir jetzt unsere Koffer packen und unsere Rente auf Mallorca verprassen. Und dem Busfahrer überlassen wir die Frage, was er mit Heinrich und Ingrid macht, wenn er uns daheim heute abend nicht antrifft."

"Hast du etwa schon mal darüber nachgedacht?"

"Ja, schon. Wenn Ingrid manchmal besonders widerborstig ist und mich beschuldigt, dass ich für das Chaos zuhause verantwortlich bin, dass ich sie belästigen und vergewaltigen und bestehlen will. Wenn sie in mir einen Feind sieht und sich mit allen Mitteln, selbst mit Schlägen gegen mich wehrt. Da will ich schon manchmal abhauen."

"Ist ihr denn früher mal was Schlimmes passiert, dass sie heute so heftig ist?"

"Ich weiß nicht. Seit ich sie kenne, war nie etwas Schlimmes. Und von allem, was ich über ihre Kindheit und Jugend weiß, kann ich es mir auch nicht vorstellen. Aber vielleicht hat sie in all den langen Ehejahren nicht über alles gesprochen. Jetzt kann ich sie nicht mehr fragen. Eher schlägt sie mich und schreit nach der Polizei, als dass sie mir eine vernünftige Antwort gibt.
Naja, so bleib ich trotz allem bei ihr und erhol mich an den Tagen, an denen sie in der Tagespflege ist."

"Liebst du sie eigentlich noch?"

"Wenn ich das wüsste. An den schlimmen Tagen habe ich das Gefühl, ich bin nur aus Pflichtbewusstsein bei ihr. Und an guten Tagen freue ich mich über ihre erfrischende Art, ihr Lächeln, ihre ansteckende Fröhlichkeit. Sie ist dann so wunderbar. Da weiß ich wieder, warum ich mich in sie verliebt habe."

"Also bleibst du bei ihr?"

"Ja, solange es irgendwie geht."

Gerlinde schaute nachdenklich. Wie würde sie es wohl mit Heinrich machen? Es tat gut, mal mit jemanden zu reden, der sich schon länger mit diesen Fragen befasste. Sie gingen schweigsam nebeneinander. Seine Worte schwirrten durch ihren Kopf. Sie stellte sich verschiedene Situationen mit Heinrich vor, aber so schnell würde sie keine klare Antwort finden, wie sie im Ernstfall handeln würde.

Nach einiger Zeit schob Gerlinde die Gedanken um Liebe und Pflichtgefühl in der Ehe weg und zeigte sich wieder ganz von ihrer praktischen Seite.

"Du, Johannes, was hältst du davon, wenn wir uns zu viert am Samstag treffen? Da ist die Tagespflege geschlossen und ich hätte endlich mal Gelegenheit, Ingrid besser kennenzulernen als nur das kurze Zuwinken im Seniorenzentrum."

"Ja, warum nicht. Aber wie gesagt, es ist Tagesform abhängig, ob wir kommen können."

"Ich weiß, aber wenn wir nichts ausmachen, passiert garantiert nichts. So klappt es ja vielleicht."

"Gut, machen wir."

13. FREUNDE UND FREMDE

Schon den ganzen Vormittag war Gerlinde mit den Vorbereitungen beschäftigt. Als gute Hausfrau war es ihr wichtig, so wenig wie möglich dem Zufall zu überlassen. Sobald die Gäste da waren, wollte sie nicht mehr in der Küche arbeiten. Für die Gäste wollte sie da sein. So hatte sie es jahrzehntelang gehalten. Aber so aufwendig wie früher, konnte sie nicht mehr kochen. Zu oft musste sie ihre Arbeit unterbrechen und schauen, was Heinrich machte. An dreigängige Menüs war da nicht mehr zu denken. Sie war froh, dass Heinrich heute nichts schlimmes anstellte, als sie den doch sehr einfachen Auflauf zubereitete.

Es klingelte. Auf diesen Augenblick wartete Gerlinde. Heinrich war ohne Werkzeuge im Garten.

Sie öffnete die Tür und ließ Johannes und Ingrid herein.

"Hallo. Hereinspaziert. Ich freu mich, dass ihr da seid. Grüß dich, Johannes."

Sie reichte ihm die Hand. Eine Umarmung schien ihr vor den Augen von Ingrid nicht angebracht.

"Grüß dich, Gerlinde."

Dann reichte Gerlinde Ingrid die Hand. "Grüß dich, Ingrid."

Ingrid lächelte neugierig.

"Kennen wir uns?"

"Wir haben uns schon öfters im Seniorenzentrum gesehen, aber wir hatten nie Zeit, uns zu unterhalten. Deshalb freu ich mich, dass wir uns heute näher kennenlernen können. Ich bin die Gerlinde."

"Und ich bin Ingrid."

"Lasst uns rausgehen. Heinrich ist schon im Garten."

Gemeinsam gingen sie in den Garten. Dort stand Heinrich auf der Terrasse und schaute auf die Beete. Der gedeckte Mittagstisch interessierte ihn nicht.

"Heinrich, kommst du mal? Wir haben Besuch."

Heinrich hörte nicht. Erst als Gerlinde ihn berührte, verstand er. Langsam drehte er sich um und ging auf Johannes und Ingrid zu.

"Heinrich, das sind Ingrid und Johannes. Ingrid kennst du schon aus der Tagespflege. Das ist Heinrich."

Heinrich grüßte beide mit Handschlag. Ingrid schaute ihn genau an und bemerkte:

"Ich kenne Sie. Moment, ich hab's gleich. Wir haben schon zusammen Gartenarbeit gemacht. Aber den Namen weiß ich nicht mehr."

"Heinrich Bergmann."

"Angenehm. Ingrid Blattschläger."

Gerlinde unterbrach die beiden.

"Das Essen ist schon fertig. Wenn ihr wollt, können wir uns gleich hinsetzen. Heinrich, gehst du bitte noch Hände waschen. Johannes und Ingrid, setzt euch schon, wir gehen noch kurz rein."

Gerlinde ging mit Heinrich ins Haus. Diese kleinen Vorbereitungen zum Essen waren so aufwendig geworden. Früher hätte sie im Traum nicht daran gedacht, jemals ihren Mann zum Händewaschen auffordern zu müssen. Jetzt war es ihr Alltag, immer für zwei zu denken, genau wie damals als sie noch kleine Kinder hatte.

Nach einigen Minuten kamen sie wieder auf die Terrasse. Gerlinde führte Heinrich zu seinem Platz. Danach holte sie den Auflauf, stellte ihn auf den Tisch und teilte aus.

"Es gibt heute Gemüseauflauf. Ich hoffe, das schmeckt euch."

Ingrid ging sofort auf das Gespräch von Hausfrau zu Hausfrau ein.

"Ach, sicher. Früher hab ich oft Gemüseauflauf mit Gemüse aus dem eigenen Garten gemacht. Das war immer besonders lecker. Haben Sie auch Gemüse aus dem Garten genommen?"

"Ach, wir waren doch schon beim "Du". Ich bin jetzt auch schon alt. Da ist mir der Gemüseanbau zu anstrengend. Aber ich kenne am Markt einen Stand, der bietet immer besonders gutes Gemüse an. Dort hol ich es."

"Ah ja. Das ist interessant. Vielleicht ist es ja derselbe Stand, bei dem auch wir unser Gemüse holen."

"So, jetzt hat jeder. Ich wünsche einen guten Appetit."

Das Essen verlief reibungslos. Selbst beim abschließenden Kaffee blieben alle sitzen.

Heinrich schlürfte wie immer nach dem Essen seinen Kräutertee. Doch als nach einiger Zeit seine Tasse leer war und er merkte, dass es nichts mehr zu essen gab, stand er während des Gesprächs auf, holte eine Schere und schnitt Büsche.

"Der macht Sachen. Steht einfach auf ohne etwas zu sagen."

Ingrid war empört über das Verhalten von Heinrich.

"Naja, er kann manchmal nicht anders." verteidigte ihn Gerlinde. "Er hat doch Demenz."

"Ach, das ist doch nur eine Ausrede. Es gehört sich einfach nicht, so eine Unhöflichkeit."

Das Lächeln von Ingrid wirkte wie übermäßig gespielte Höflichkeit. Sie trank ihren Kaffee aus und schaute Gerlinde tief in die Augen.

Doch dann änderte sich ihr Gesichtsausdruck von einer Sekunde auf die andere. Sie hatte kein Interesse mehr daran, Gerlinde zu mustern, stattdessen fühlte sie ebenfalls einen inneren Drang aufzustehen. Sie wandte sich höflich an die Gastgeberin.

"So, vielen Dank für alles. Aber ich muss jetzt leider gehen. Die Pflicht ruft."

"Aber es ist doch erst zwei Uhr. Ich dachte, ihr bleibt noch am Nachmittag."

"Das geht leider nicht. Ich muss meine Tochter vom Reiten abholen."

"Ja, ist die nicht alt genug, um alleine heimzufahren?"

"Ja, wo denken Sie hin? Ich kann doch kein achtjähriges Mädchen alleine heimfahren lassen, zumal da auch nicht regelmäßig ein Bus fährt."

Johannes spürte, dass der Besuch gelaufen war. Schon jetzt war ihm klar, dass sie keine Ruhe geben würde, bis sie heimgingen. Aber vielleicht könnte man doch noch eine viertel oder halbe Stunde rausschlagen. Er wusste ja, wie er seine Frau zumindest für kurze Zeit ablenken konnte. Einen Versuch war es wert.

"Ingrid, wir haben doch vereinbart, dass sie mit ihrer Freundin Susi heimfährt. Da geht es ihr gut."

"Ach, das hab ich ganz vergessen."

Ingrid lehnte sich wieder beruhigt zurück.

"Ingrid, du hast Gerlinde noch gar nicht dein Halstuch gezeigt, das du selber gemacht hast."

"Ach ja."

Ingrid zog ihr Halstuch aus und breitete es vor Gerlinde aus. Gerlinde bewunderte das Tuch.

"Schau, das ist Seide. Das hab ich selbst bemalt. Ach, ich hab ja so viele daheim. Schon seit ich jung bin, mach ich Seidenmalerei. Das macht echt Spaß. Willst du auch mal mitmachen? Bei der Volkshochschule gibt es Kurse. Da ist bestimmt noch ein Platz frei. Oder ich schenk dir ein Tuch von mir. Ich hab ja so viele und mach sicher wieder ein Neues."

"Du bist wirklich begabt. Das ist wunderschön. Aber für mich ist das nichts. Ich komm gern mal vorbei und schau mir deine anderen Tücher an. Da sind bestimmt noch mehr Kunstwerke."

Gerlinde strich nochmal bewundernd über das Tuch.

Ingrid wurde wieder unruhig.

"Jetzt muss ich aber gehen. Mir fällt ein, dass Vera noch beim Reiten ist. Ich muss sie abholen. Entschuldigung. Aber ich muss gehen. Es war sehr nett hier."

Ingrid nahm ihr Halstuch und stand auf.

Johannes versuchte wieder, Ingrid zum Sitzen zu bewegen. "Wir haben Zeit, Ingrid, Vera wird doch von Susis Mutter abgeholt."

Ingrid setzte sich wieder hin.

"Ach ja, das hab ich vergessen."

Nach einer kurzen Pause stand Ingrid wieder auf.

"Ich muss aufs Klo. Wo find ich das?"

"Wart, ich zeig es dir."

Gerlinde ging mit Ingrid ins Haus. Gerlinde kam alleine zurück und setzte sich zu Johannes an den Tisch.

"Das ging ja bis jetzt ganz gut. Deine Frau ist ja wirklich nett, ganz charmant."

"Verschrei es nicht zu früh. Es ist noch nicht Abend."

Ingrid war allein am Klo. Aber sie musste gar nicht. Ach ja, da fehlte ja auch das Klopapier. Gut, dass ihr das aufgefallen war. Am besten wäre es, neues zu besorgen. Sofort machte sie sich auf den Weg.

Währenddessen saßen Johannes und Gerlinde auf der Terrasse und hörten aus dem Haus das leise Schlagen der Klotür; kurze Zeit später das laute Schlagen der Haustür.

Johannes sprang auf und rannte ins Haus. Aufgeregt öffnete er die Tür zur Toilette, dann zum Wohnzimmer. Er schaute die Treppe hoch, erklimm einige Stufen, um besser nach oben sehen zu können. Und immer wieder rief er "Ingrid, Ingrid", aber keine Ingrid antwortete.

Kein Fußtritt, kein Atem und auch sonst keine Geräusche waren zu hören. Genau davor hatte Johannes bei diesem Besuch am meisten Angst. Er stürmte zur Haustür hinaus.

Gerlinde blieb im Garten. Sie schaute nach Heinrich. Sie war froh, dass er verhältnismäßig brav war und nur die Büsche kaputt schnitt. Zum Glück war er so schlecht auf den Beinen. Heinrich könnte gar nicht schnell weglaufen, selbst wenn er wollte. In diesem Moment war Gerlinde froh, dass sie nicht alle Sorgen dieser Welt hatte.

Vor dem Haus war Ingrid nicht mehr zu sehen. Johannes schaute nach links. In der Ferne sah er auf dem Bürgersteig einen Menschen. Er schaute genauer hin, aber das war sicher nicht Ingrid. Die Figur war viel zu breit.

Er drehte seinen Kopf und schaute nach rechts. Das war sie, die ältere, rüstige Dame, die immer noch so schnell ging wie eine junge Frau. Johannes musste sich beeilen. Er rannte, damit er sie sicher einholen konnte, bevor sie die Hauptstraße erreichte. Leicht keuchend kam er bei ihr an. Er stellte sich ihr in den Weg und schaute sie eindringlich an.

"Ingrid. Wo gehst du denn hin?"

Er griff nach ihrer Hand.

"Was geht Sie das an? Lassen Sie mich los! Ich muss etwas erledigen."

"Aber Ingrid, wir haben uns doch noch gar nicht von Gerlinde und Heinrich verabschiedet."

"Wer soll das sein? Die kenne ich nicht. Und wer sind überhaupt Sie? Sie kenn ich auch nicht. Lassen Sie mich gehen!"

Ingrid schüttelte sich von Johannes Hand los und schubste ihn mit aller Kraft weg. Johannes taumelte leicht zurück. Es tat nicht weh.

Er kannte schon diese Situation und gerade deshalb machte sie ihm Angst.

Erst letzten Monat musste er wieder die Polizei bitten, ihm bei der Suche zu helfen.

Und vor einem halben Jahr versuchten beherzte Passanten, ihn von Ingrid fernzuhalten, als er sie gewaltsam festhielt. Damals irrte sie fünf Stunden alleine durch die Stadt bis sie gefunden wurde. Diese gutgemeinte Zivilcourage führte zu einer Anzeige und auf dem Polizeirevier verstrich soviel wertvolle Zeit, bis die Suche nach Ingrid begann. Nein, das wollte er nicht nochmal erleben.

Johannes hatte dazu gelernt. Er wusste, dass irgendwann wieder der Moment kam, in dem sie ihn wieder erkannte. Dann konnte er sie heimnehmen. Bis dahin musste er sich heimlich in ihrer Nähe aufhalten und sie beobachten. Das konnte kurz oder lang dauern.

Ingrid machte sich nicht so viele Gedanken, schließlich hatte sie eine klare Sache zu erledigen, bei der sie nicht gestört werden wollte. Sie ging schnell weiter, bog um die Ecke und ging die Hauptstraße entlang. Als sie gerade die Bushaltestelle erreichte, kam der Linienbus an. Ingrid stieg ein.

Johannes folgte ihr mit zwei Meter Abstand und stieg ebenfalls in den Bus ein. Ingrid war so mit ihren Gedanken beschäftigt, dass sie Johannes nicht bemerkte.

Sie setzte sich ans Fenster. Johannes blieb bei der Tür stehen bis Ingrid sicher saß. Dann stempelte er zwei Fahrscheine und ging zu ihr.

"Ist der Platz noch frei?"

"Ja."

Ingrid drehte sich zum Fenster als Johannes sich setzte. Sie fuhren lange Zeit wie Fremde nebeneinander im Bus. Kein Außenstehender hätte bemerkt, dass die beiden schon fast fünfzig Jahre verheiratet waren.

Sie fuhren sehr lange. Das Stadtviertel mit den Reihen- und Einfamilienhäusern, in dem Gerlinde wohnte, hatten sie schon lange hinter sich. Inzwischen wurde die Straße von mehrstöckigen Häusern gesäumt, Wohnhäuser, aber auch viele Geschäfts- und Bürogebäude. Vorgärten gab es hier auch nicht. Überhaupt wurde die Gegend fremder. Hier fuhren Johannes und Ingrid nur sehr selten. Es ist sogar schon viele Jahre her, dass sie mit Absicht in dieser Gegend waren.

Ingrid wunderte sich. Was wollten sie hier eigentlich? Sicher wusste Johannes, was sie vorhatten. Er hatte sonst auch immer den Überblick. Das erste Mal während der Fahrt schaute sie zu Johannes und fragte: "Du, Johannes, wo fahren wir eigentlich hin?"

Johannes war erleichtert, dass sie ihn endlich wiedererkannt hatte. Jetzt konnten sie sich unauffällig und ohne Streit auf den Heimweg machen. Und damit die gute Stimmung blieb, nahm er die Schuld auf sich.

"Oh, ich glaub, wir sind zu weit gefahren. Wir müssen mit dem anderen Bus wieder einige Haltestellen zurückfahren. Komm, wir steigen gleich aus."

So stiegen sie an der nächsten Haltestelle aus und fuhren in die entgegengesetzte Richtung mit dem nächsten Bus nach Hause.

Als Johannes am frühen Abend Gerlinde anrief und ihr von dem ungewissen Abenteuer erzählte, atmete sie erleichtert durch. Den ganzen Nachmittag hatte sie innerlich mitgefiebert, ob wohl alles gutginge.

14. SCHMETTERLINGE IM BAUCH UND AUF DER WIESE

Gerlinde bereitete gerade das Frühstück vor, als das Telefon klingelte.

"Bergmann."

"Hallo, Oma. Hier ist Dana."

"Ja, guten Morgen, Dana. So früh hab ich dich gar nicht erwartet. Schläfst du sonst nicht aus, wenn du keine Schule hast?"

"Sonst schon. Aber heute ist etwas besonders. Wir haben gestern beim Abendessen schon darüber gesprochen. Deshalb musste ich heute früh gar nicht erst geweckt werden. Wir wollen einen Ausflug machen mit dir und Opa. Na, was sagst du?"

"Einen Ausflug? Ja, da habt ihr euch was vorgenommen."

"Ja, aber du brauchst dir keine Sorgen machen. Wir haben das super geplant. Du kennst doch noch den Biergarten in den Auen."

"Ja, da haben wir euch doch oft mitgenommen, als ihr klein wart. Das hat euch immer gut gefallen."

"Euch doch auch, oder?"

"Ja, natürlich!"

"Also, da wollen wir mit euch hin. Okay?"

"Ja, das ist eine tolle Idee. Da freu ich mich. Sag dem Papa, dass wir um elf fertig sind. Wir warten auf euch."

"Super, Oma. Bis gleich."

Das war heute wirklich eine gute Idee. Heinrich hatte wieder einen großen Tatendrang und Gerlinde kam kaum hinterher, die Wohnungseinrichtung vor ihm zu retten. Er erklärte Gerlinde mehrfach, dass man für eine Reise einen größeren Koffer bräuchte. Dann stellte er alles auf den Tisch, was Gerlinde vergessen hatte, in die kleine Umhängetasche zu packen. Er war fest davon überzeugt, dass das Shampoo genauso nötig war wie die Unterhemden und die Kleiderbürste.

Es war ein Wunder, dass Gerlinde bei diesem Berg an Gegenständen noch den Überblick behielt, was wirklich für einen kleinen Tagesausflug nötig war.

Die Kinder kamen pünktlich und ohne große Probleme stieg Heinrich ins Auto. Es war fast wie früher. Gerlinde schaute während der Fahrt aus dem Fenster. Um Heinrich brauchte sie sich nicht kümmern. Unter den Sonnenstrahlen, die durch die Scheibe ihre Nase kitzelten, konnte sie in Ruhe ihre Gedanken schweifen lassen.

Es war schon komisch. Drei Jahre lang hatte sie das Haus nur für die nötigsten Besorgungen verlassen. Und kaum erzählte sie, dass sie mit ihrem neuen Freund einen Ausflug gemacht hatte, schon kamen die Kinder auf dieselbe Idee.

Dabei ging es Heinrich in den drei Jahren immer schlechter. Vor einem Jahr hätte er noch schneller laufen können. Vor zwei Jahren hätte er noch besser gesehen. Und vor drei Jahren machte die Demenz noch stundenweise Pause.

Aber weder Gerlinde noch ihre Kinder erkannten den Wert von ein paar Schritten im Grünen. Musste da erst ein Fremder dazukommen, ihr Leben auf den Kopf stellen, damit auch ihre Kinder sich mehr um das Schöne im Leben kümmerten? Seltsam, welche Wege für so einfache Wahrheiten nötig sind.

Wie lange hatte wohl Johannes gebraucht, um auf diese Erkenntnis zu kommen? Was war für ihn der Anstoß, auch mal an sich selber zu denken? Eigentlich war es egal, wie Johannes darauf kam. Entscheidend war es für sie, dass auch ihre Familie jetzt endlich erkannte, dass Genuss und Freude lebenswichtig waren.

Gerlinde war noch völlig in ihre Gedanken vertieft, als sie beim Biergarten ankamen. Wunderschön! Es waren immer noch dieselben Kastanien, die den Biertischen einen kühlen Schatten spendeten. Es war immer noch derselbe schöne Blick über die Auenlandschaft. Gerlinde stieg aus und atmete erst einmal tief ein.

"Sind wir schon da?" fragte Heinrich.

"Ja" antwortete Markus, der neben ihm am Steuer saß. "Wir haben doch gesagt, wir fahren heute hierher in die Auen. Und jetzt sind wir da."

"Aha!"

Markus stieg aus, ging ums Auto herum und öffnete ihm die Tür. Erst jetzt merkte Gerlinde, dass sie während der ganzen Fahrt nicht auf Heinrich geachtet hatte. Sie wusste nicht, ob er etwas erzählt oder gefragt hatte. Das war Freiheit in Gerlindes Augen.

"Sind wir schon da?" Heinrich war erstaunt, dass ihm jetzt schon die Tür geöffnet wurde. Sie sind doch gerade erst losgefahren.

"Ja."

"Das ging aber schnell."

Heinrich ließ sich beim Aussteigen helfen. Dann kamen Yannick und Dana dazu und er hängte sich bei seinen Enkeln ein.

Zusammen suchten sie einen Platz im Biergarten. Gerlinde setzte sich so, dass sie die schöne Aussicht genießen konnte. Dana setzte sich daneben. Sie wollte ihrer Oma ganz nahe sein. Auch Kathrin setzte sich mit dem Blick in die Landschaft.

Den Frauen gegenüber nahmen Markus und Yannick Heinrich in die Mitte. Nur so konnte man Heinrich davon abhalten, plötzlich aufzustehen und zu gehen.

Das Essen schmeckte. Heinrich war tatsächlich längere Zeit nur damit beschäftigt und stellte keine Fragen. Und wenn er sich am Tisch umschaute, dann nur um den Zucker oder das Salz zu suchen. Es war gut so, denn so fanden Kathrin und Dana endlich Gelegenheit, sich mit Gerlinde auszusprechen.

"Du, Mama," begann Kathrin, "ich glaub, wir haben euch in letzter Zeit ein bisschen vernachlässigt."

"Ja, habt ihr vor, uns öfter einzuladen? Ich lass mich gern verwöhnen."

"Du sollst mehr bei uns sein." sagte Dana.

"Hör ich da einen Unterton raus?" fragte Gerlinde.

Yannick schämte sich für Danas Direktheit. "Dana!" zischte er.

"Na, stimmt doch! Wenn Oma mehr bei uns ist, kann sie nicht bei diesem Typen sein."

"Dana! Du spinnst doch. Wie redest du mit Oma?"

Gerlinde machte aber Danas falscher Ton nichts aus. "Ach, lass nur. Dana, ich mach dir einen Vorschlag. Ab heute komme ich von Montag bis Freitag tagsüber zu dir. Das sind die Zeiten, wo Opa in der Tagespflege ist und wo ich Zeit habe, Johannes - der Typ hat einen Namen - zu treffen. Also wenn du willst, verbringe ich in Zukunft die Zeit mit dir."

Dana schmollte nachdenklich: "Aber Oma, das geht doch gar nicht. Da hab ich Schule. Und in den Ferien fahr ich weg. Ich kann doch nur am Wochenende."

"Siehst du, und da treff ich mich nicht mit Johannes."

"Wenn ihr euch nur tagsüber seht, dann schlaft ihr auch nicht miteinander?"

Yannick fand seine Schwester peinlich. "Dana, du hast sie nicht mehr alle. Sowas fragt man nicht."

"Gib es zu. Du willst es doch auch wissen."

Gerlinde blieb wieder gelassen. "Ich wusste gar nicht, dass ihr euch so viele Sorgen um mich macht. Das ehrt mich."

Dana blieb hartnäckig. "Jetzt sag schon."

"Wieviele schlaflose Nächte hast du schon über dieser Frage gegrübelt?"

"Hä?"

"Also gut, damit es dich beruhigt. Noch nie. Ich habe noch nie mit ihm geschlafen und ich habe es auch nicht vor. Schau mal, Dana, ich will doch nur ab und zu mal vernünftige Gespräche führen und ich will auch mal als Frau wahrgenommen werden. Das heißt doch nicht, dass ich euch oder Opa verlassen will.

Ich bin doch immer noch für euch da, auch wenn ich mich mit Johannes treffe und wir uns vielleicht auch mal umarmen."

Dana starrte auf ihren leeren Teller und lehnte sich bei Kathrin an, die tröstend einen Arm um sie legte. So ganz konnte sie ihre Gedanken noch nicht ordnen. Sollte das die ganze Erklärung sein? Irgendwas wollte Dana noch von ihrer Großmutter hören, aber sie wusste nicht, was sie fragen könnte?

Gerlinde spürte, dass jetzt eine Abwechslung notwendig war. Obwohl sie ruhig blieb, war das Gespräch für sie anstrengend. Sie versuchte ja selber diese Fragen zu vermeiden und nicht darüber nachzudenken. Schließlich war die Situation auch für sie ganz neu. Auch ihre Gefühle standen manchmal Kopf.

"Wie wärs, wenn wir jetzt ein bisschen spazierengehen? Heinrich hat auch schon den Drang aufzustehen."

"Ja, das ist eine gute Idee." pflichtete ihr Kathrin bei, die ihrer heranwachsenden Tochter eine Chance geben wollte, über die Antwort nachzudenken. Außerdem könnte die Bewegung auch für sie das Gespräch leichter machen. Gemeinsam brachen sie auf.

Es war eine herrliche Landschaft. Schon damals, als Heinrich noch gut zu Fuß war, schätzte Gerlinde die ebenen, gut gepflegten Wege in den Auen. Sehr oft schoben sie hier die Enkelkinder im Kinderwagen. Man konnte hier so viel entdecken ohne auch nur bei einer einzigen Stufe den Kinderwagen anheben zu müssen. Heute gaben die guten Wege Heinrich Sicherheit, wenn dieser mit seinen schwachen Beinen dahinschlurfte.

Gerlinde kam nicht umhin, sich an den kleinen Yannick zu erinnern, wie dieser damals alle fünf Meter stehenblieb und einen Schmetterling oder eine Libelle entdeckte. "Da" sagte er und zeigte mit seinen kleinen Händchen ins Gras. Später kam Dana dazu, die ihrem großen Bruder immer nachlief, sobald man sie aus dem Buggy rausholte. Mit der ganzen Hand grapschte sie nach dem Schmetterling, den Yannick ihr zeigte und war völlig verdutzt, als das kleine Tier wegflog.

Die Gegenwart holte sie wieder ein. Ihre beiden Enkel waren schon groß, Heinrich war gebrechlich und dement. Das war ein ganz anderer Spaziergang. Es fehlte die Unbeschwertheit von damals. Bei diesem Gedanken wurde Gerlinde bewusst, dass der Sinn dieses Ausflugs nicht das Beobachten der Schmetterlinge mit den kleinen Enkeln war, sondern die längst überfällige Aussprache mit ihrer erwachsenen Tochter.

Alle waren darauf eingestellt. Anscheinend hatte Kathrin mit ihrer Familie schon alles besprochen, denn Markus und Yannick nahmen Heinrich sofort in die Mitte. So konnten die zwei Frauen miteinander reden.

Damit sie wirklich ihre Mutter für sich hatte, verabschiedete sich Kathrin vorläufig von den Männern:"Wir gehen schon mal vor. Auf dem Rückweg holen wir euch ein. Bis später."

"Ist in Ordnung. Bis später." Dann gingen die Frauen in zügigen Schritten voran.

Nur Dana wurde irgendwie vergessen. Alleine trottete sie auf dem Weg zwischen der einen und der anderen Gruppe. Auch wenn es nicht mehr ihrem Alter entsprach, so blieb sie doch bei jedem Schmetterling stehen.

Ihre Mutter und ihre Oma gaben ihr das Gefühl, unerwünscht zu sein. Ihr Vater und ihr Bruder machten ihr klar, dass sie sich eh nicht mit ihr unterhalten würden. Warum wird man eigentlich als Jugendliche immer so behandelt, als ob man dumme Fragen stellt, die nur störend sind? Können die Erwachsenen sie nicht endlich als gleichwertige Person behandeln? Naja, so blieb

Dana nichts anderes übrig, als alleine ihren Gedanken nachzuhängen.

Kathrin war mit Gerlinde jetzt so weit vorgegangen, dass sie ungestört waren.

"Schön, dass wir allein sind. Ich wollte vorhin schon was sagen, aber da hat sich ja Dana dazwischengedrängt. Wie geht es dir jetzt eigentlich?"

"Gut! Das sieht man doch. Ihr verwöhnt mich. Ich hab Johannes. Heinrich ist gut versorgt. Ich hab sogar noch Zeit für mich. Aber wie geht es dir?"

"Na, du hast mich vorletzte Woche schon geschockt. Ich hab mit sowas einfach nicht gerechnet. Ich hab mir vorgestellt, du kannst in der Gruppe über deine Probleme reden oder lernst vielleicht eine Frau kennen, die in der gleichen Situation ist, mit der du dich zum Mittagessen triffst oder so. Aber dass du dich gleich in einen anderen Mann verliebst, das erwartet man doch nicht."

"Ich hab es ja auch nicht erwartet. Aber es ist so schön. Ich weiß, ihr jungen Leute habt keine Vorstellung davon wie es ist, Schmetterlinge im Bauch zu haben. Ach, und er macht so schöne Komplimente mit wundervollen, blumigen Bildern. Ich höre das so gerne und wie er mich anschaut ..."

"Danke, Mama. Das will ich gar nicht so genau wissen."

"Du hast doch gefragt, wie es mir geht. Und meine Schmetterlinge im Bauch gehören einfach dazu. Und wie ist es mit dir? Bist du immer noch so böse auf deine Mama, die so gemein zu deinem lieben Papa ist?"

"Ach Mama. Für mich ist das auch nicht einfach. Seit fast fünfzig Jahren kenne ich euch nur als ein Paar. Da war nie jemand anderes. Und es war normal für mich, dass Scheidung und Fremdgehen nur in anderen Familien ein Thema ist. Ich dachte, wenigstens in unserer Familie gibt es eine heile Welt."

"Eine heile Welt gibt es bei uns schon seit Jahren nicht mehr. Seit die Demenz bei Papa stärker geworden ist, führen wir doch keine normale Ehe mehr. Statt dass er nach dem Gute-Nacht-Kuss noch einen zweiten fordert, steht er wieder auf und räumt den Schrank um. Wenn ich eine Bluse mit Löchern trage, fällt ihm das genauso wenig auf wie wenn ich ein Abendkleid anziehe. Es ist ihm ja nicht einmal aufgefallen, als ich mit Johannes knutschend vor ihm saß. Unsere Ehe ist seit Jahren nur noch von der Demenz bestimmt."

"Unsere ganze Familie ist nur von der Demenz bestimmt. Als ich damals mit Markus beschlossen habe, im selben Stadtviertel wie ihr eine Wohnung zu kaufen, hatte ich immer noch im Blick, wie Papa mit den Kindern gespielt hat. Ich weiß noch, wie er Yannick auf den Schultern getragen hat. Und nach der Geburt von Dana hat er Yannick mit auf den Kinderwagen gelegt. Ich hatte immer Angst, der Wagen kracht mit dem Baby zusammen. Aber er sagte nur: "Das passt schon; ich habe alles im Griff".
Ich war so froh, dass ich in der Grundschulzeit keinen Hortplatz gebraucht habe, weil Papa so toll mit Yannick die Hausaufgaben gemacht hat. Bei Dana ging es dann schon los. Aber ich habe es nicht gemerkt. Ich habe Dana nicht geglaubt, wenn sie so merkwürdige Sachen über Opa erzählt hat. Heute weiß ich, dass sie damals recht hatte."

"Du vermisst Papa wohl sehr."

"Ja. Ich will, dass er wieder so ist wie früher. Mein starker Papa."

Gerlinde legte tröstend ihren Arm um Kathrin. Es tat auch ihr weh, dass dieser Wunsch nicht erfüllt werden konnte. Gemeinsam blieben sie stehen und schauten nach hinten, wo sie in der Ferne Heinrich sahen, der sich bei Markus und Yannick festhielt.

"Und jetzt kann er nicht mal mehr alleine laufen."

"Er wird nie mehr so wie früher. Nie mehr."

15. SCHWACHE BEINE, STARKER RÜCKEN

Buntes Herbstlaub hing an den Bäumen, als Gerlinde mit einer Tasse Kaffee in der Hand aus dem Fenster sah. Aus dem Flur hörte sie die schlurfenden Schritte von Heinrich. Er hob die Füße nicht mehr hoch. An der Küchentür stützte er sich am Griff ab. Bald würde er alle Türgriffe im Haus ausleiern. Gerlinde sagte nichts dazu, denn Heinrich konnte sein Verhalten eh nicht ändern.

"Wie die Zeit vergeht. Grad war noch schönster Sommer und schon ist Herbst."

Gerlinde drehte sich zu Heinrich, der nicht antwortete. Hatte er schon wieder nicht gehört? Oder waren ihm die Sätze zu schwer, um sie zu verstehen? Es schien so, als ob mit jedem Blatt am Baum, das in diesen Herbsttagen seine grüne Farbe verlor, auch Heinrichs Denken weniger wurde und man sich immer schlechter mit ihm unterhalten konnte, stellte Gerlinde mit Bedauern fest.

"Guten Morgen, Heinrich. Setz dich. Wir frühstücken."

Wieder kam keine Antwort, nicht mal ein Kopfnicken oder eine Bewegung hin zum Stuhl. Gerlinde holte Heinrich an der Tür ab und half ihm beim Hinsetzen. Sie setzte sich ebenfalls und machte Heinrich auf das Brot auf seinem Teller aufmerksam, das sie schon vorhin geschmiert und in kleine Stücke geschnitten hatte. Beide frühstückten. Inzwischen musste man ihn auch auf so kleine Sachen aufmerksam machen.

"Es ist schade, dass du bei dem Wetter nicht mehr so lange rausgehen kannst."

Heinrich schaute auf: "Hä?"

"Es ist Herbst. Wir haben fast Herbststürme draußen."

"Hä?"

"Die Blätter fallen von den Bäumen. Es ist Herbst."

"Ja. Im Herbst muss man Laub rechen. Soll ich dir helfen?"

"Nein, Heinrich. Ich sagte nur, es ist schade, dass du nicht mehr so lange rausgehen kannst. Du hast dich doch immer so wohl gefühlt im Garten."

"Hä?"

Gerlinde gab das Gespräch auf. Sie streichelte seine Hand. Dann frühstückten sie weiter.

"So, gleich geht's los. Der Bus steht schon vor der Tür."

An seinem Blick konnte Gerlinde erkennen, dass Heinrich nicht genau wusste, was jetzt auf ihn zukam. Doch sein gutmütiger Charakter vereinfachte die Situation. Er lies alles mit sich machen. Ohne Widerspruch ließ er sich Jacke und Schuhe anziehen.

Nach dieser langwierigen Prozedur brachte ihn Gerlinde zur Haustür und unterstützte ihn bei den zwei Stufen vor der Tür. Mit einer Hand hielt sich Heinrich am Geländer fest, mit der anderen drückte er Gerlindes Arm, bis man Abdrücke sehen konnte. Seine Füße boten keinen sicheren Halt mehr. Es dauerte sehr lange.

"Lass dir Zeit. Der Bus wartet auf dich."

Von der Treppe zum Bus benutzte Heinrich inzwischen einen Gehwagen. Aber auch hier musste Gerlinde helfen, damit die Richtung stimmte. Beim Bus halfen der Fahrer und Gerlinde. Nach einiger Zeit saß er endlich angeschnallt im Bus.

"Tschüss, Heinrich. Ich wünsch dir einen schönen Tag."

Der Bus fuhr ab. Gerlinde schaute ihm nach. So verging nun jeden Morgen mehr als eine ganze Stunde, was früher oft weniger als eine Dreiviertelstunde dauerte.

Zurück im Haus, merkte Gerlinde, dass sich nicht nur Heinrich verändert hatte. Neu waren auch die Verspannungen, die Gerlinde seit Herbstbeginn plagten. Sie räkelte sich täglich, nachdem sie Heinrich zum Bus gebracht hatte. Aber die Verspannungen in ihrer Schulter und ihrem Rücken wurden nicht weniger. Sie stöhnte.

Gerlinde wollte wie jeden Morgen, sobald Heinrich weg war, erst mal Zeitung lesen. Aber sie fand wegen den Schulterschmerzen keine angenehme Sitzhaltung. Sie griff zum Telefon und rief mit schmerzverzerrtem Gesicht Johannes an.

"Grüß dich, Johannes, hier ist Gerlinde. Sag mal, kannst du mich heute zum Arzt fahren? Ich hab wieder solche Rückenschmerzen."

"Weißt du, dass ich schon seit zwei Wochen auf diese Frage warte? Du hast oft so ein schmerzverzerrtes Gesicht."

"Und warum hast du nichts gesagt?"

"Hättest du vor zwei Wochen meinen Rat angenommen?"

"Wahrscheinlich nicht."

"Siehst du. Deshalb hab ich gewartet bis du selber erkennst, dass dir was weh tut. Also, ich mach mich schnell fertig. Dann hol ich dich ab. Bis dann."

"Danke. Bis gleich."

Eine Stunde später saß Gerlinde mit Johannes beim Orthopäden im Wartezimmer. Gerlinde sah sich um, roch die Luft und spürte diese typische Wartezimmeratmosphäre.

"Oh, ich mochte noch nie Wartezimmer. Überall nur Kranke. Lieber setz ich mich in einen Kreis mit lauter gesunden jungen Leuten. Da fühl ich mich jung und gut."

"Hinter der Tür da hinten verbirgt sich dein Jungbrunnen. Du wirst sehen, du wirst dich besser fühlen."

"In den letzten Jahren war ich immer nur wegen Heinrich bei den Ärzten. Dass es mich jetzt auch erwischt."

"Das ist halt so bei uns Leuten über fünfunddreißig. Und ich sage dir, ich fühle mich danach immer wie vierunddreißig."

"Na, deinen Humor hat es dir nicht verschlagen." stellte Gerlinde trocken fest, als die Sprechstundenhilfe mit einer Patientenkarte in der Hand reinkam.

"Frau Bergmann bitte."

Auch wenn es ihr graute vor dem was kommen sollte, war Gerlinde doch froh, dass sie gleich dran kam und ins Untersuchungszimmer durfte.

Die Situation wurde schlimmer. Im Untersuchungszimmer war es Gerlinde noch mulmiger als im Wartezimmer. Ohne Johannes' Witzen war sie dieser Arztatmosphäre noch stärker ausgesetzt. Ein unbestimmtes Gedankengemisch von Ekel, Krankheit, Leiden und Schmerzen überkam sie. Wenn der Arzt ihr jetzt sagen würde, dass sie von nun an auch zu den kränkelnden Alten dazugehören sollte und wenn er ihr das auch noch mit irgendeinem Untersuchungsergebnis beweisen würde, Gerlinde wüsste nicht, was sie antworten sollte.

Die Sprechstundenhilfe bot ihr den Stuhl vor dem Schreibtisch an, legte ihre Patientenkarte darauf und ging wieder raus. Das war der schlimmste Moment beim Arzt. Gerlindes Blick fiel auf ein Plakat an der Wand, auf dem eine Wirbelsäule abgebildet war. Mit knallroten Kreisen wurden bestimmte Stellen gekennzeichnet, die weh tun können. Auch Gerlindes Schmerzstellen waren eingekreist. Auf dem Plakat waren am Rand noch kleinere Bildchen, teils Fotos. Gerlinde ekelte bei der Vorstellung, was der Arzt mit ihrem Rücken machen könnte, vielleicht auch so tief ins Rückenmark spritzen wie auf dem einen Bildchen.

Zum Glück ging die Tür gerade auf und der Arzt unterbrach Gerlinde bei ihren Ekelfantasien. Er begrüßte sie, setzte sich an den Schreibtisch und überflog ihre Patientenkarte. Er sah aus wie ein Büroangestellter, der Formulare bearbeiten musste. Für einen Augenblick belustigte Gerlinde dieser Gedanke.

Dann blickte der Arzt Gerlinde an und sagte:

"Dann berichten Sie mal."

Jetzt war es soweit. Wovor sich Gerlinde schon längere Zeit gesträubt hatte, musste jetzt gesagt werden. Sie musste vor dem Arzt und vor sich selbst zugeben, dass sie alt und krank war. Aber sobald sie anfing zu sprechen, ging es ganz leicht.

"Also mir tut es hier oben weh und da am Rücken. Wissen Sie, mein Mann ist so schwer geworden. Er hängt sich immer bei mir ein und zieht so fest. Dann hat er Angst beim Laufen und krallt sich noch mehr bei mir ein. Ich weiß gar nicht mehr, wie ich mich richtig bewegen soll."

"Aber ihr Mann sieht doch noch ganz gut aus?"

"Das ist nicht mein Mann. Ein Bekannter hat mich hergebracht. Mein Mann hat Demenz und es wird jetzt immer schlimmer."

"Haben Sie schon mal über eine Pflege zu Hause nachgedacht oder an ein Pflegeheim? Dann könnten Sie Ihren Rücken schonen."

"Ich weiß nicht, ob unser Geld reicht. Er geht ja schon unter der Woche in eine Tagespflege."

"Na, immerhin. Ich schau Sie dann mal an. Aber um eine Physiotherapie werden Sie wohl nicht herumkommen."

Es blieb dabei. Der Arzt untersuchte sie, strich ihr über den Rücken, ließ sie die Arme und Beine heben. Gelegentlich verzog Gerlinde das Gesicht, aber sie konnte immerhin alles bewegen. Dann verschrieb er ihr tatsächlich nur Physiotherapie. Gerlindes Fantasien, die sich beim Betrachten des Medizinerplakats entwickelt hatten, erwiesen sich als haltlos. Sie atmete erleichtert auf. Ab jetzt gehörte auch die wöchentliche Krankengymnastik zu ihrem Alltag.

16. DER LETZTE SCHRITT MIT EIGENEN FÜSSEN

Gerlinde hatte sich an den schwereren Alltag gewöhnt. Der höhere Pflegebedarf von Heinrich drückte auf ihre Schultern. Sie war erschöpfter als früher. Und wenn Johannes sie nicht regelmäßig abholen würde, würde sie ihre Physiotherapie oft vergessen. Gut, dass es jemanden gab, der auch an ihre Gesundheit dachte.

Die Situation war schlimm. Dass es jemals noch schlimmer werden könnte, konnte sich Gerlinde nicht vorstellen. Doch genau das geschah.

Die letzte Nacht war recht unruhig. Heinrich wälzte sich hin und her und nässte das Bett ein. Nur notdürftig schaffte es Gerlinde, die Bettwäsche zu wechseln und Heinrich einen frischen Schlafanzug anzuziehen, da er nicht richtig aufstehen konnte. Völlig gerädert stand Gerlinde am Morgen auf und machte sich schlaftrunken im Bad frisch. Hoffentlich würde Heinrich noch lange liegenbleiben, damit sie wenigstens noch ihren Kaffee trinken könnte.

Sie warf noch einen Blick ins Schlafzimmer. Heinrich schlief noch. Gerlinde schlich auf leisen Sohlen in den Flur, die Treppe hinunter in die Küche. Dort bereitete sie das Frühstück vor. Doch noch ehe der Kaffee durchgelaufen war, hörte sie schon Heinrichs schlurfende Schritte. Sie wollte doch wenigstens eine Tasse Kaffee trinken, bevor sie sich um ihn kümmerte. Musste er jetzt schon aufstehen?

Den Geräuschen nach war er an der Treppe angekommen. Gerlinde beeilte sich, die Tassen aus dem Schrank zu holen. Schon hörte sie Heinrichs Stimme.

"Hilfe! Hilfe!"

"Ich komme gleich. Ich mache nur noch schnell das Frühstück fertig."

"Hilfe! Warum hilft mir denn niemand?"

"Ich komm doch gleich. Wart nur noch einen Augenblick."

"Hil..."

Heinrich polterte laut die Treppe herunter. Gerlinde rannte bestürzt zur Küchentür hinaus.

Heinrich lag halb auf dem Boden, halb auf der Treppe und jammerte. Gerlinde beugte sich zu ihm herunter.

"Heinrich, was ist los mit dir? Ich hab doch gesagt, ich komme gleich. Du sollst doch nicht alleine die Treppe runter. Warum machst du das?"

Heinrich jammerte stärker, als Gerlinde ihn anfasste.

"Wart, ich ruf gleich den Notarzt."

Es kam Gerlinde vor wie eine Ewigkeit. Tatsächlich waren es nur zehn Minuten bis der Notarzt mit den Sanitätern eintraf. Sie beugten sich über Heinrich, berührten ihn. Heinrich stöhnte, dann schrie er. Gerlinde schaute mit Entsetzen auf das Geschehen. Der Notarzt sprach sehr leise zu den Sanitätern. Was sagte er? Der Sanitäter packte etwas aus dem Koffer. Dann wandte sich der Notarzt an Gerlinde.

"Ich vermute, er hat sich was gebrochen. Wir müssen ihn mitnehmen ins Krankenhaus und röntgen, dann wissen wir mehr. Wenn Sie wollen, können Sie mitkommen. Nehmen Sie sich mit, was Sie brauchen und vergessen Sie ihr Frühstück nicht."

Die Tür zur Küche stand offen. Vermutlich sah er im Vorbeigehen den halbgedeckten Tisch.

Gerlinde war überrascht, als die Sanitäter Heinrich auf eine Trage legten. Sie hatte gar nicht bemerkt, wie die Trage ins Haus kam. Dann packte sie wortlos ihre Handtasche, zog Schuhe und Mantel an und kam mit.

"Können Sie mir noch seine Versichertenkarte geben?"

Gerlinde schaute den Notarzt entsetzt an. Heinrich war verletzt und brauchte Hilfe. Wieso fragte er jetzt nach der Versicherung?

"Er ist doch versichert?"

Gerlinde fühlte sich wie wachgerüttelt, versuchte jedoch nicht den Sinn der Frage zu verstehen. Sie war immer noch müde von der letzten Nacht.

"Ja, natürlich." Sie kramte aus ihrer Handtasche seine Karte raus und gab sie dem Arzt. Dann beantwortete sie noch einige Fragen, was der Arzt auf ein Formular schrieb. In der Zwischenzeit wurde Heinrich in den Rettungswagen gebracht.

Während der ganzen Fahrt schwieg Gerlinde. Was sollte sie auch sagen? Sie hörte Heinrich stöhnen und gleichzeitig sah sie, wie der Sanitäter immer wieder auf Heinrich oder die Geräte schaute. Draußen rauschte der

Verkehr. Es war ihr egal. Alles war so unwirklich. Sie wartete einfach bis was neues geschah.

Vor dem Krankenhaus hielt der Rettungswagen. Sie hörte wie die Fahrertür aufging und wieder zugeschlagen wurde. Dann ging die hintere Tür auf. Heinrichs Trage wurde rausgezogen.

"Sie können aussteigen." sagte der Sanitäter zu Gerlinde, bevor er Heinrich weg schob.

Gerlinde schaute sich um, schnallte sich umständlich ab und stieg aus dem Wagen. Sie war allein. Wo sollte sie hingehen?

Es war ein häßlicher Ort. Hier war sie noch nie. Sie kannte von früher den Haupteingang des Krankenhauses. Da waren ein paar Bänke. Der Weg war elegant gepflastert. Die schönen Blumenrabatten erleichterten den Gang in die Klinik.

Aber hier hinten? Der Eingang zur Notaufnahme war kahl und häßlich. Die Anfahrt war geteert bis zum Haus. Es war kein Blumenbeet oder Blumentopf in Sicht. Gerlinde erinnerte es an den Lieferanteneingang eines Hotels, so schmucklos und so stiefmütterlich behandelt.

Immerhin standen hier keine Müll- und Wäschesäcke herum.

Über einer gläsernen automatischen Schiebetür stand die Aufschrift "Notaufnahme". Sie ging rein in einen kahlen Vorraum. Heinrich war schon weg. Sie ging durch die nächste automatische Schiebetür. An einer Wand standen ein paar Stühle, an der Wand gegenüber zwei Liegen. Darüber hing eine Uhr. Es war acht Uhr. Ein Krankenpfleger kam vorbei. Gerlinde sprach ihn an.

"Entschuldigen Sie, können Sie mir sagen, wo mein Mann Heinrich Bergmann hingebracht wurde."

"Das weiß ich leider nicht. Wie ist er denn hergekommen?"

"Mit dem Rettungswagen. Ich bin erst aus dem Wagen gestiegen, als er schon hier drin war. Und jetzt weiß ich nicht, wo sie ihn hingebracht haben."

"Dann warten Sie am besten hier. Es wird schon jemand kommen, der Ihnen Bescheid gibt."

Gerlinde setzte sich auf einen der Stühle. Der Pfleger ging weiter. Einige Minuten später kamen die Sanitäter und der Notarzt durch eine andere Tür. Der Notarzt schaute sich um, entdeckte sie und ging auf sie zu.

"Ihr Mann wird gerade untersucht. Es kommt bald jemand zu Ihnen. Ich wünsche Ihnen dann alles Gute. Auf Wiedersehen!"

"Auf Wiedersehen!" schlossen sich die Sanitäter an. Dann gingen sie mit dem Notarzt zur Tür nach draußen. Durch die Glastüren sah Gerlinde, wie sie mit dem Rettungswagen wegfuhren.

Gerlinde saß wieder alleine auf einem der Stühle und starrte auf die Wanduhr. Sollte sie schon wieder warten? Wie lange? Und auf wen? Heinrich würde ja nicht herauskommen. Aber vielleicht wieder ein Pfleger, der keine Ahnung hatte. Oder ein Arzt, der sich auch nicht um Heinrich kümmerte. Gerlinde wartete und starrte die Wand an.

Eine halbe Stunde war vergangen. Gerlinde hatte schon aufgehört, darüber nachzudenken, worauf sie eigentlich wartete. Da öffnete sich eine Tür und ein junger Arzt kam herein. Er hatte die Hände in der Kitteltasche. Sein Erscheinen wirkte dadurch sehr beiläufig, als ob er gar nicht hier arbeiten würde, geschweige denn, dass er irgendetwas wüsste. Auch wirkte er sehr desinteressiert an dem, was er tat. Trotzdem ging er gezielt auf Gerlinde zu.

"Sind Sie Frau Bergmann?"

"Ja. Was ist mit ihm?"

"Also, er hat sich den Oberschenkelhals gebrochen. Ansonsten ist alles in Ordnung. Nur kleine Schürfwunden und Prellungen. Aber der Bruch ist kompliziert und wir müssen ihn operieren. Gibt es eine Patientenverfügung oder haben Sie eine Vollmacht?"

"Äh? Weiß nicht? Glaub schon."

"Gut, dann kommt gleich der Anästhesist und stellt Ihnen noch ein paar Fragen. Bis nachher."

Mehr interessierte den jungen Arzt nicht. Er wandte sich von Gerlinde grußlos ab und ging zu der Tür raus, durch die er reingekommen war, immer noch mit den Händen in der Kitteltasche. Gerlinde schaute ihm mit offenem Mund nach. Sollte sie jetzt wieder alleine bleiben?

Wieder verging eine halbe Stunde, in der Gerlinde nervös auf und ab ging, wenn sie nicht gerade nervös auf einem der Stühle saß. Außer dem Wort "Operation" hatte sie nichts verstanden. Was war mit Heinrich los? Ging es ihm gut oder schlecht? Konnte er sich äußern? Sie wusste es nicht.

Wieder ging die Tür auf. Gerlinde schaute erwartungsvoll hin und erblickte eine Ärztin mittleren Alters, die freundlich lächelte. Würde sie ihr etwas Gutes sagen oder würde sie sie auch mit Worten erschießen?

Sie kam näher und blieb vor Gerlinde stehen.

"Grüß Gott, sind Sie Frau Bergmann?" fragte sie freundlich.

"Ja."

Die Ärztin reichte ihr die Hand. Der Händedruck tat gut. Es war die erste echte Berührung, die Gerlinde heute erlebte. Das anfängliche Misstrauen wich. Sie spürte, dass sie dieser Frau Heinrich anvertrauen konnte.

"Müller mein Name. Ich bin die Anästhesistin und werde bei der Operation Ihres Mannes dabei sein. Es wurde Ihnen ja schon gesagt, dass er einen Oberschenkelhalsbruch hat?"

"Ja. Ist es schlimm?"

"Machen Sie sich keine Sorgen. Es ist zwar ein komplizierter Bruch laut Röntgenbild. Es ist aber für uns eine Routineoperation. Wir haben sehr viel Erfahrung. Sie können davon ausgehen, dass die Operation klappen wird. Aber zuvor hab ich noch ein paar Fragen."

Die Anästhesistin setzte sich neben Gerlinde und legte das Schreibbrett mit den Formularen auf ihren Schoß.

"Also, als erstes brauchen wir die Versichertenkarte."

Gerlinde kramte tonlos in ihrer Handtasche, holte die Versicherungskarte heraus und gab sie der Ärztin.

"Dann bräuchten wir noch eine Vollmacht, falls sie eine haben."

Gerlinde fand im Seitenfach der Handtasche eine Vollmacht und reichte sie ebenfalls der Ärztin. Die Ärztin machte sich Notizen.

"Das ist gut, dass Sie die haben. Da sind Sie unsere Ansprechpartnerin.
Dann brauch ich für die Operation ein paar Informationen. War Ihr Mann Raucher?"

"Nein."

"Trinkt er regelmäßig Alkohol?"

"Nein."

Gerlinde antwortete mechanisch und gefühllos auch auf alle weiteren Fragen. Sie schaute auf die Hände der Ärztin, verstand aber die Situation nicht wirklich. Was hatten die Fragen mit ihr oder Heinrich zu tun? Wollte sie denn nicht Heinrich gesund machen? Warum sagte sie nichts dazu?

Die Ärztin füllte den Bogen aus und klärte Gerlinde über die Operationsrisiken auf. Genauer gesagt, sie redete auf Gerlinde ein, um ihr dann den Schreibblock hinzuhalten.

"So, das wars auch schon. Dann bräuchte ich hier noch eine Unterschrift. Oder haben Sie noch Fragen?"

Gerlinde unterschrieb. Was sollte sie denn fragen? Sie hatte ja keine Wahl, wenn sie Heinrich retten wollte. "Und jetzt?"

"Jetzt wird es etwa zwei Stunden dauern. In der Zwischenzeit können Sie ja einen Kaffee trinken oder spazieren gehen. Beim Haupteingang befindet sich eine Cafeteria. Danach schauen wir hier nach Ihnen oder wir rufen Sie an. Auf Wiedersehen."

Die Anästhesistin verabschiedete sich freundlich mit Handschlag und ging. Gerlinde schaute auf die Wanduhr, dann auf ihre Armbanduhr und wieder hoch auf die

Wanduhr. Es war inzwischen Viertel nach neun. Gerlinde war wieder alleine. Aber immerhin wusste sie jetzt, dass es noch zwei Stunden dauern würde. Am besten würde sie zuerst Johannes anrufen und dann einen Kaffee trinken. Und noch wichtiger, erst mal weg von der Notaufnahme. Sie war froh, dass sie Schilder fand, die sie zum Haupteingang führten.

Unter dem Vordach des Haupteingangs schaute sie sich fragend um. Obwohl sie schon öfters hier war, kam ihr alles so fremd vor. Es war als ob sie das erste Mal hier stand. Sie wusste auch nicht mehr was sie wollte. Ihr Kopf schien völlig leer. Dann fiel es ihr wieder ein. Sie kramte aus ihrer Handtasche ihr Handy hervor und tippte aufgeregt eine Nummer ein. Am anderen Ende der Leitung klingelte es. Dann hob jemand ab. Gerlinde sprach gleich los.

"Johannes?"

"Nein, ich bin nicht Johannes. Ich heiße Thomas. Und wer bist du?"

"Oh, Entschuldigung, da hab ich mich verwählt."

Gerlinde legte auf. Es war ihr sichtlich peinlich. Sie schaute verwirrt.

"Jetzt bin ich schon zum Anrufen zu blöd. Das ist ja auch alles ein bisschen viel."

Gerlinde wählte erneut. Diesmal richtig. Es war Johannes.

"Ach, gut, dass ich dich erreiche. Kannst du mal vorbeikommen. Äh halt, nicht zu mir, sondern hierher. Äh, ins Krankenhaus."

"Ja, ist dir was passiert? Wie geht es dir?"

"Nein, nicht ich. Äh, Heinrich. Er wird jetzt operiert."

"Was ist denn passiert? Ist er gestürzt?"

"Ja, die Treppe. Er wollte unbedingt die Treppe runter und äh, kannst du nicht kommen? Ich brauch jemanden?"

"In welchem Krankenhaus seid ihr überhaupt?"

"In der Uniklinik. Ich warte in der Cafeteria am Haupteingang."

"Ich weiß nicht, ob ich kommen kann. Ich muss erst schauen, ob Ingrid irgendwohin kann."

Ingrid kam gerade ins Wohnzimmer als Johannes mit Gerlinde telefonierte. Sie hörte den letzten Satz und wurde neugierig.

"Du sprichst über mich. Wer ist denn am Apparat?"

Johannes wandte sich nochmal an Gerlinde.

"Du Gerlinde, ich ruf dich gleich zurück. Tschüss."

Johannes legte auf. Dann drehte er sich zu Ingrid.

"Das war Gerlinde. Ihr Mann liegt im Krankenhaus. Heinrich, du kennst ihn aus der Tagespflege."

"Oh, das ist bedauerlich. Was hat er denn?"

"Ich weiß nicht. Gerlinde hat angerufen. Sie klang sehr aufgeregt. Ich wollte zu ihr ins Krankenhaus und fragen, was los ist."

"Dann sag ihr "Gute Besserung" und dass sie schnell wieder gesund werden soll."

"Möchtest du vielleicht in der Zeit zu Hannelore oder zu Ellen gehen?"

"Ja, das wäre nett. Die Ellen hab ich ja schon lange nicht mehr gesehen."

"Gut, dann ruf ich an und frag, ob sie da ist."

Johannes nahm wieder den Hörer und rief bei Ellen an.

Gerlinde war sich nicht sicher, ob das mit Johannes klappen würde. Was ist, wenn er niemand findet, der auf Ingrid aufpasst? Vorsichtshalber rief Gerlinde auch noch Kathrin an. Doch die Antwort lautete:

"Du, Mama, es geht hier im Büro gerade drunter und drüber. Ich muss erst schauen, wann ich hier wegkomme."

Gerlinde überlegte, ob sie vielleicht Robert anrufen sollte, aber der hatte doch schon Panik, wenn er das Wort "Krankenhaus" nur hörte. Robert war ihr in solchen Situationen keine Hilfe. Besser er käme erst morgen, wenn alles vorbei wäre. Gerlinde machte sich darauf gefasst, dass sie den heutigen Tag allein durchstehen müsste.

Es war inzwischen halb elf. Gerlinde saß am Fenster der Krankenhaus-Cafeteria und trank ihren vierten Kaffee. Sie schaute unruhig zum Haupteingang, aber es gingen nur fremde Leute rein und raus. Mit einer hastigen, nervösen Bewegung stieß sie versehentlich die Kaffeetasse auf den Boden. Sie schaute ihr nach. Dann führte sie eine Hand Richtung Boden,um die Kaffeetasse aufzuheben. Ihr wurde schwindelig, sie verlor das Gleichgewicht und fiel ebenfalls zu Boden. Der Stuhl krachte laut, als die Lehne am Boden auftraf. Gerlinde zitterte. Die anderen Gäste schauten sie an. Die Kellnerin kam, stellte den Stuhl auf und half ihr zurück auf den Stuhl.

"Was ist mit Ihnen? Soll ich einen Arzt rufen?"

"Nein, alles in Ordnung. Mir ist nur ein bisschen schwindelig. Das geht gleich wieder."

"Haben Sie heute schon gefrühstückt?"

"Was? Nein. Das steht noch in der Küche wegen dem Unfall."

"Sie sollten aber was essen. Sie sind ja ganz blass."

Eine zweite Kellnerin hörte das Gespräch und entschied sich, mit einer Butterbreze zu helfen.

"Die geht auf's Haus. Lassen Sie es sich schmecken. Danach sieht die Welt schon besser aus."

Gerlinde aß brav ihre Breze und erholte sich ein wenig. Eine gewisse Nervosität blieb aber. Die erste Kellnerin deckte die leeren Tassen ab und wischte den Kaffee vom Boden auf.

Als es ihr ein Stück besser ging, bestellte sie ein Glas Wasser. Da kam Kathrin in die Cafeteria. Sie entdeckte Gerlinde recht schnell, ging zu ihr und begrüßte sie mit einem Wangenkuss.

"Hallo Mama. Ich war so schnell wie ich konnte. Tut mir Leid, dass es trotzdem gedauert hat."

"Hallo. Danke, dass du gekommen bist."

Kathrin setzte sich neben Gerlinde und warf einen Blick in die Getränkekarte. Da betrat Johannes die Cafeteria. Er schaute sich um und ging auf die beiden Damen zu.

"Hallo ihr Beiden. Tut mir leid, ich hab es nicht schneller geschafft. Ich musste erst warten bis die Nachbarin wieder von ihren Einkäufen zurück war und Zeit hatte für Ingrid."

Er gab Gerlinde einen Kuss. Dann reichte er Kathrin flüchtig die Hand, bevor er sich setzte.

Die Kellnerin kam, um die Getränkebestellungen von Johannes und Kathrin aufzunehmen.

"Und du?" Johannes wandte sich an Gerlinde. "Du trinkst nur Wasser?"

"Ach, ich hab schon soviel Kaffee getrunken."

Die Kellnerin ging weg und Gerlinde fuhr fort.

"Ich bin schon ganz zittrig. Und dann habt ihr verpasst wie ich vorhin hier den ganzen Betrieb aufgehalten habe."

"Was war denn?" fragte Kathrin

"Ach, ich bin umgefallen. In der ganzen Aufregung heute früh hab ich keine Zeit gehabt zu frühstücken. Und als ich endlich hier saß, dachte ich fünf Tassen Kaffee würden mich beruhigen. Naja, dann ist es halt passiert. Mir wurde ganz flau im Magen. Dann lag ich am Boden samt Kaffeetasse."

Die Kellnerin brachte die bestellten Getränke. Johannes griff nach seiner Tasse.

"Aber wir dürfen doch vor deinen Augen noch Kaffee trinken?"

"Ja, gerne. Und der Milchkaffee von Kathrin zählt eh nicht richtig."

"Und jetzt?" fragte Johannes. "Geht es dir jetzt wieder gut?"

"Die Kellnerin hat mir ungefragt eine Butterbreze serviert. Jetzt hab ich meine Kräfte wieder. Es geht."

"Und was ist mit Papa?" lenkte Kathrin das Gespräch auf ihren Vater. "Du warst am Telefon so aufgeregt, dass ich nicht alles verstanden habe."

"Der wird jetzt operiert. Er hat sich den Oberschenkelhals gebrochen."

Gerlinde schaute auf die Uhr und wurde unruhig. Es war elf Uhr.

"Oh, in einer Viertelstunde sind sie fertig. Da müssen wir drüben sein in der Notaufnahme."

"Ach Mama, so pünktlich müssen wir nicht sein. Und bis Papa wieder aufwacht, vergehen doch sicher noch ein paar Stunden."

"Nein. Beeilt euch! Ich will rechtzeitig da sein."

"Gerlinde, bleib ruhig!" mahnte Johannes. "Wir übernehmen jetzt den Blick auf die Uhr. Wir kommen rechtzeitig, auch wenn ich in Ruhe meinen Kaffee austrinke."

Gerlinde wurde ruhiger. Sie war jetzt ja nicht mehr allein. Johannes und Kathrin tranken langsam weiter. Zehn Minuten später zahlten sie und gingen in den Wartebereich der Notaufnahme.

Gerlinde schaute aufgeregt auf die Wanduhr. Es war schon Viertel vor zwölf. Die Tür zum OP-Bereich ging aber immer noch nicht auf. Gerlinde wippte mit den Füßen. Sie stand auf, ging auf die Tür zu, kam zurück. Sie wurde immer unruhiger.

"Die haben gesagt zwei Stunden. Und jetzt sind schon zweieinhalb Stunden vergangen. Da ist was Schlimmes passiert. Komplikationen und so."

Johannes versuchte sie mit seinem Humor zu beruhigen.

"Nein. Die haben später mit der Operation begonnen, weil der Arzt solange Händewaschen musste. Es ist bestimmt alles gut gegangen. Setz dich hin. Die Ärzte haben versprochen, dich nach der Operation zu informieren, also tun sie es auch. Ich versprech es dir. Glaub mir."

"Aber wo sind sie dann? Die müssten schon seit einer halben Stunde hier sein. Da stimmt was nicht."

Auch Kathrin gab ihr bestes.

"Komm, Mama, setz dich. Das bringt doch nichts, wenn du so aufgeregt herumrennst."

Gerlinde setzte sich, wippte nervös mit den Beinen, stöhnte, schaute aufgeregt zur Tür. Endlich, nach so langer Zeit, ging die Tür auf, der Assistenzart kam heraus und ging auf die drei zu. Gerlinde stand auf. Johannes und Kathrin stellten sich daneben.

"Frau Bergmann?"

"Ja. Was ist mit meinem Mann?"

"Aha, Sie haben sich Verstärkung geholt."

"Ich bin die Tochter und er ist ein guter Bekannter. Er kann mithören."

"Also, die Operation ist gut verlaufen. Ihr Mann liegt jetzt im Aufwachraum. Er wird danach auf sein Zimmer gelegt. Und heute Nachmittag können Sie ihn dort besuchen.

Waren Sie schon bei der stationären Anmeldung?"

"Äh, nein."

"In der Eingangshalle beim Haupteingang finden Sie Schilder. Dort erfahren Sie dann auch, auf welcher Station er liegt. Alles Gute!"

Der Assistenzarzt gab erst Gerlinde, dann Kathrin, dann Johannes die Hand und ging wieder durch die Tür zum OP-Bereich. Gerlinde schaute ihm sprachlos nach. Johannes erkannte, dass sie noch nicht verstanden hatte, was los war und sagte:

"Also, du hast es gehört. Die Operation ist gut verlaufen. Heinrich liegt jetzt wohlbehalten im Aufwachraum."

"Aha. Also alles ist gut?" fragte Gerlinde.

"Ja." Kathrin dachte gleich praktisch. "Ich schlage vor, dass wir jetzt zur Anmeldung gehen. Danach gehen wir Mittagessen. Ich hab nämlich Hunger und du sollst auch essen, bevor du nochmal umfällst. Und dann gehen wir zu Papa."

"Ich kenne ein gutes Lokal in der Nähe. Dann sind wir für kurze Zeit auch mal weg vom Krankenhaus."

Am Nachmittag besuchten sie endlich Heinrich in seinem Zimmer. Er lag im Bett und schien zu schlafen. Gerlinde war zu aufgeregt, um den Infusionsständer neben seinem Bett und den Infusionsschlauch, der in seinen Unterarm führte, zu sehen. Auch die Kabel, die Heinrich mit dem hellleuchtenden Überwachungsmonitor verbanden, waren für Gerlinde unsichtbar. Sie wollte zu ihrem Heinrich. Sie wollte selber sehen, dass er die Operation überstanden hatte und dass es ihm gut ging.

"Heinrich." Schon als Gerlinde den Raum betrat, sprach sie ihn an. Aber Heinrich reagierte nicht. Gerlinde trat an sein Bett, berührte ihn am Arm und im Gesicht und nannte dabei mehrfach seinen Namen. Doch all das löste bei Heinrich nur eine leichte Bewegung mit Kopf und Händen aus, dann schloss er wieder die Augen und ruhte weiter. Gerlinde starrte ihn an und wartete auf ein erneutes Öffnen der Augen, aber es kam nichts. Heinrich schlief weiter.

Kathrin stellte sich hinter ihre Mutter. Auch sie wartete darauf, dass er endlich aufwachte. Auch sie war enttäuscht, dass ihr Vater keine klaren Zeichen gab. Sie spürte, dass sie nicht lange diese Situation aushalten würde, wollte aber zugleich Stärke zeigen und ihrer Mutter helfen. Ihre Stimme war bestimmt.

"Komm Mama, ich glaub Papa will noch ausruhen. Wir kommen morgen wieder."

Bevor sie gingen, hatte Kathrin noch das Bedürfnis ihren Vater zu berühren und sich selbst zu vergewissern, dass er noch lebte. Darum streichelte sie ihren Vater am Kopf und küsste ihn auf die Stirn.

"Tschüss, Papa. Wir kommen morgen wieder. Dann bist sicher wach und freust dich über uns."

Danach umarmte Gerlinde Heinrich so gut es ging und küsste ihn. Dann ließ sie sich von Johannes und Kathrin rausführen.

17. DU BIST SCHÖN

Drei Wochen später lag Heinrich noch immer im Krankenhaus. Gerlinde besuchte ihn jeden Tag, meistens alleine. Heinrich sprach kein Wort. Es war manchmal, als stöhnte er, wenn Gerlinde ihn berührte. Dann schlief er meist wieder ein.

Gerlinde wurde die Situation unheimlich. Darum bat sie Johannes, sie zu begleiten. Er kam mit. Auf dem Weg sprachen sie wenig. Je mehr sie sich dem Krankenzimmer näherten, um so mulmiger wurde Gerlinde. Wollte sie da wirklich hin?

Ein großes Gefühlschaos wühlte in ihrem Inneren. Es ging jetzt um mehr als die Frage, ob sie einen gesunden Geliebten neben ihrem kranken Ehemann hatte. Jetzt ging es um ihre Angst vor dem Unaussprechlichen, dem Endgültigen.

Was würde sein, wenn Heinrich gar nicht mehr aufwachte? Bisher hatte sie den Gedanken an Heinrichs Tod erfolgreich verdrängt. Doch was wäre, wenn es jetzt soweit war? Würde das etwas in der Beziehung zu Johannes verändern?

Sie wollte bei Heinrich sein, weil sie ihn seit Jahrzehnten liebte und weil sie Angst um ihn hatte und zugleich fühlte sie sich von ihm abgestoßen, weil sie Angst vor seinem Krankheitszustand hatte.

Auch gegenüber Johannes hatte sie widersprüchliche Gefühle. Sie suchte seine Nähe, weil er blühendes Leben ausstrahlte und zugleich wollte sie weg von ihm, weil er ihr in den schweren Stunden die Möglichkeit raubte, ihre ganze Liebe Heinrich zu widmen.

Was sollte sie tun? Mitten in ihrem Gefühlsgewirr sah sie es als unmöglich an, mit einem anderen Menschen über diese Dinge zu reden. Denn egal, was für Ratschläge sie geben würden, Gerlinde hätte immer noch das Gefühl, dass ihr Fühlen, Denken und Handeln so nicht stimmten.

Kurz vor Heinrichs Zimmertür griff Gerlinde Johannes Hand und zwang ihn zum Stehenbleiben. Sie unterbrach ihre Gedanken und schaute ihm tief in die Augen.

"Du glaubst gar nicht, wie froh ich bin, dass du mitkommst."

"Das tue ich doch gerne. Ich merk doch, wie schwer es dir fällt, hierher zu kommen. Außerdem hast du mir das am Telefon gestern Abend und vorgestern und vorvorgestern auch lang genug gesagt."

"Das sind jetzt schon drei Wochen und er sieht immer noch aus, als ob er grad operiert worden wäre. Ich mag da nicht reingehen."

Gerlinde klopfte das Herz. Sie wollte weg. Sie wollte nicht sehen, was sie seit drei Wochen jeden Tag sah. Sie drehte den Körper so, als wollte sie Johannes darum bitten, mit ihr wieder nach Hause zu gehen. Doch Johannes willigte auf ihre unausgesprochene Frage nicht ein.

"Ich dreh jetzt nicht um. Ich geh da jetzt rein und schau mir selber an, wie er aussieht. Du kannst hier draußen bleiben, wenn du willst. Ich grüß ihn dann von dir."

"Nein, so will ich das auch nicht."

Gerlinde war empört, weniger über Johannes, mehr über sich selbst. Als Johannes öffnete, drängte sie sich vor, um doch als erste das Zimmer zu betreten.

Gerlinde schaute Heinrich an. Dieser lag mit geschlossenen Augen reglos da. Auch heute würde sich wie die Tage zuvor eine Begrüßung nicht lohnen. Johannes übersah ihr Innehalten und stellte, wie es bei einem Krankenbesuch üblich ist, zwei Stühle ans Bett. Gerlinde machte es doch wie immer. Sie küsste Heinrich zur Begrüßung auf die Wange, die nicht durch den Sondenschlauch bedeckt war. Dann setzte sie sich neben Johannes und hielt die Hand von Heinrich.

Johannes ergriff das Wort.

"Grüß dich, Heinrich. Ich bin heute mitgekommen und wollte sehen, wie es dir geht."

Heinrich drehte ihm den Kopf zu.

Johannes sprach weiter.

"Wie ich sehe, kannst du ja schon den Kopf drehen. Also geht es dir besser. Und morgen wirst du dich schon aufsetzen, das hab ich im Gespür. Und wie ist es hier? Ist das Essen gut? Sind die Blumen gepflegt? Ich sehe, du hast ja viel schönere Blumen als dein Nachbar."

Johannes hielt inne und wartete auf eine Antwort. Als diese ausblieb, redete er weiter.

"Hast du schon gesehen, Gerlinde ist da? Du weißt doch die schöne Gerlinde. Du hast sie geheiratet, weil sie dir so gut gefallen hat. Du weißt doch, die schöne Gerlinde."

Plötzlich wurde Heinrich trotz Schwäche aufmerksam. "Gerlinde? Ja, sie ist die Schönste."

Heinrich musterte Gerlinde mit kaum merklichen Kopfbewegungen. Dann starrte er wieder nach oben.

Gerlinde war überrascht über diese starke Reaktion Heinrichs und sie begehrte ein noch stärkeres Zeichen. "Heinrich? Erkennst du mich? Ich bin hier."

Aber Heinrich reagierte nicht.

"Heinrich, du hast doch gerade über mich gesprochen."

Heinrich reagierte nicht. Verwirrt zog Gerlinde ihre Hand weg. Auch das beachtete Heinrich nicht. Enttäuscht und verunsichert drehte sie sich zu Johannes.

"Er hat mich doch gerade erkannt? Warum starrt er jetzt wieder zur Decke? Er hat mich doch erkannt?"

"Ich weiß nicht." gab Johannes ruhig zu.

"Aber er hat doch gerade meinen Namen gesagt. Das hat er schon seit Monaten nicht mehr getan. Er hat mich erkannt."

"Ich weiß es nicht. Ich hab gehört, was er gesagt hat. Aber ich kann nicht sagen, ob er dich erkannt hat. Freu dich doch über seine Worte."

Mit seinen Blicken versuchte Johannes seinen Trost zu unterstreichen.

Gerlinde drehte sich wieder zu Heinrich, nahm seine Hand, streichelte den Kopf und weinte. Sie konnte die Tränen nicht mehr aufhalten. Johannes legte seine Hand auf ihre Schulter.

"Ich lass euch mal alleine."

Als Johannes weg war, spürte Gerlinde, dass die Zweisamkeit anders war als sonst, erträglicher, weniger leer, um eine unbeantwortete Frage reicher.

18. EINSAMKEIT UND SCHULD

Die einsamen Abende waren das Schlimmste seit Heinrich im Krankenhaus lag. Es gab zwar keine Arbeit mit Suchen, Aufräumen und Putzen, aber ihr fehlten die menschlichen Geräusche. Früher hatte sich Gerlinde über Heinrich geärgert. Jetzt war ihr die Ruhe unheimlich. Vor allem schien ihr alles so sinnlos.

Sie war so froh, dass Johannes sie aus dieser Trübsinnigkeit herausriss und zu sich nach Hause einlud.

Sie spielten Mensch-ärgere-dich-nicht. Ingrid war sehr aufmerksam beim Spiel, Gerlinde schaute etwas abwesend und Johannes wirkte wie ein Vater, der den Kindern zuliebe das langweiligste Spiel der Welt spielte.

"Du bist dran." sagte Ingrid auffordernd. Gerlinde würfelte eine eins, ging aber gedankenlos vier Felder vorwärts. Damit bereitete sie Ingrid ein großes Vergnügen. Wie schön es doch war, andere bei einem Fehler zu erwischen. "Du zählst ja ganz falsch. Du hast nur eins gewürfelt."

Gerlinde wollte gar nicht spielen und so erklärte sie Ingrid ihre ablenkenden Gedanken. "Ach, weißt du, mein Mann liegt seit fünf

Wochen im Krankenhaus. Es geht ihm nicht gut. Ich muss die ganze Zeit an ihn denken."

Ingrid zeigte sich mitfühlend. "Was hat er denn?"

"Er ist gestürzt und hat sich den Oberschenkelhals gebrochen. Aber irgendwie erholt er sich nicht."

"Ach was!" beschwichtigte Ingrid liebevoll und gedankenlos. "Jeder erholt sich im Krankenhaus und wird gesund. Richte ihm doch schöne Grüße von mir aus. So, jetzt bin ich dran, gell?"

Ingrid würfelte. Sie spielten weiter.

Zwei Stunden später hatte Ingrid wie immer gewonnen. In ihrer diebischen Freude darüber, verabschiedete sie Gerlinde sehr herzlich. Sie dürfe zu einer Revanche wiederkommen. Dann begleitete Johannes Gerlinde zur Wohnungstür. Dankbar blickte sie ihn an.

"Ach, Johannes. Es regt mich so auf. Ich bin so froh, dass ich bei euch sein kann."

"Komm her."

Johannes zog Gerlinde zu sich und umarmte sie.

"Ich bin ja bei dir. Ich helf dir, wo ich nur kann."

Johannes gab ihr mehrere Küsse ins Gesicht. Sie weinte. Er küsste sie auf den Mund. Schade, dass dieser Augenblick nicht ewig währte. Für einen kurzen Moment vergaß Gerlinde ihre Sorgen um Heinrich. Die unheimliche Stille und die bedrückende Dunkelheit der Nacht waren für einige Sekunden wie weggeblasen. Warum war es nicht möglich, sich immer so geborgen zu fühlen wie in diesem Augenblick?

Doch da kam Ingrid in den Flur und entdeckte sie in inniger Umarmung.

"Was macht ihr da? Lassen Sie meinen Mann los."

Mit der kurzen zweisamen Geborgenheit war es vorbei. Jetzt stand Ingrid da und ihre breite Palette an Gefühlsausbrüchen war beiden bekannt. Wie würde ihre weitere Reaktion aussehen? Gerlinde und Johannes starrten sie erwartungsvoll mit großen Augen an.

Ingrid stürmte auf die beiden los und zog Gerlinde mit aller Kraft an einem Arm weg. Es tat weh. Gerlinde blieb nichts anderes übrig, als Johannes loszulassen, bevor Ingrid sie schwungvoll an die Wand schob.

"Das geht doch nicht. Sowas macht man nicht. Johannes, sag doch auch mal was!"

Sie wandte sich wieder an Gerlinde, die körperlich und im übertragenen Sinne mit dem Rücken zur Wand stand.

"Du meinst wohl, nur weil ich sie manchmal nicht mehr alle im Oberstübchen habe, kannst du dich hinter meinem Rücken an meinen Mann ranmachen. Aber glaub mir, auch wenn mein Kopf nicht richtig funktioniert, ich hab immer noch Augen und ich sehe alles."

"Entschuldigung. Das war nicht so gemeint." war alles, was Gerlinde über die Lippen kam. Ingrids Auftreten war so bestimmt, dass jede Verteidigung sinnlos war. Gehorchen war jetzt angesagt, wenn kein Streit eskalieren sollte. Sie würde jetzt bestimmt nicht widersprechen.

"So, so. Das sagen sie alle. Und du begleitest sie nicht bis zur Haustür. Sie kennt den Weg selber."

Ingrid öffnete die Wohnungstür und gab klare Handzeichen, dass Gerlinde jetzt gehen sollte.

"Bitte sehr!"

Wortlos und mit starrem Blick nahm Gerlinde ihre Jacke und Handtasche und ging hinaus.

"Auf Wiedersehen!" So viel Höflichkeit schaffte sie noch in dieser angespannten Situation.

Ingrid hingegen achtete nicht auf Höflichkeit, sondern darauf, dass Gerlinde auch wirklich ging und warf ihr ein energisches "Auf Wiedersehen!" nach.

Johannes schaute ihr traurig nach und brachte nur noch ein kaum hörbares "Auf Wiedersehen!" heraus.

Gerlinde war wieder so allein wie sie gekommen war. Sie fühlte sich sogar noch einsamer als vor dem Besuch und außerdem schuldig gegenüber Ingrid. Das wollte sie doch gar nicht. Sie wollte doch nicht, dass es Ingrid auch schlecht ging. Unbestimmte Schuldgefühle drückten auf ihre schmalen Schultern, als sie in die Einsamkeit der Nacht hinaus ging.

Es folgte eine schreckliche Nacht. Eine Vielzahl von Fragen raubten Gerlinde den Schlaf. War es richtig, sich überhaupt mit

Johannes einzulassen? Oder war sie doch nur eine egoistische Ehebrecherin, die ihren kranken Mann im Stich ließ und auch noch eine zweite Ehe zerstörte? War sie schuld, wenn es jetzt auch Ingrid schlecht ging? Hätte sie besser alleine bleiben sollen, wenn auch Heinrich alleine war? In dieser Nacht wurde sie von Fragen überhäuft ohne eine einzige Antwort zu finden. Lag es daran, dass sie müde war oder daran, dass sie alleine war oder daran, dass sie tatsächlich alles falsch gemacht hatte und zu Recht ein schlechtes Gewissen hatte?

Nach einer Vielzahl von Katzenschläfchen, die durch beunruhigende Gedanken unterbrochen wurden, merkte Gerlinde, dass die Sonne aufging. Während sie sich noch gegen das Aufstehen wehrte, klingelte das Telefon. Eine Mitarbeiterin des Krankenhauses teilte ihr mit, dass Heinrich in der Nacht gestorben sei.

Also deshalb konnte sie nicht schlafen. Gerlinde hatte früher schon davon gehört, dass es Leute gab, die über hunderte von Kilometern spürten, dass ein Angehöriger gestorben ist. Sie konnte es bisher nicht glauben. Aber nun war sie sich sicher, dass ihre Unruhe der letzten Nacht ein Spiegel von Heinrichs Todeskampf war.

Für einen kurzen Augenblick beruhigte sie diese Erkenntnis. Dann übermannte sie die Müdigkeit, um wenige Sekunden später wieder wachgerüttelt zu werden durch den Gedanken, dass sie jetzt sofort ins Krankenhaus fahren müsste.

Unausgeschlafen raffte sich Gerlinde auf und rief sofort Kathrin an. Zum Glück war sie schon wach und ausgeschlafen und konnte mit den Informationen etwas anfangen. Sie machte sich auch gleich auf den Weg zu ihrer Mutter.

Gerlinde war völlig durcheinander. Sie hatte jetzt Kathrin Bescheid gegeben. Aber was sollte sie jetzt tun? Sie ging ins Badezimmer, wusch sich das Gesicht, ging aufs Klo und wusch sich die Hände. Dann ging sie wieder ins Schlafzimmer und legte sich aufs Bett.

Völlig verstört wachte sie später auf. Was war heute für ein Tag? Warum war sie bei hellem Sonnenschein noch so müde? Während sie sich orientierte, hörte sie das Zuschlagen der Haustür.

"Hallo Mama!" Das war Kathrins Stimme.

Gerlinde schaute sich um. Erschrocken stellte sie fest, dass sie immer noch im Schlafanzug war.

"Ich komme gleich!" rief sie durchs Haus. Dann zog sie sich so schnell wie möglich an und ging runter.

In der Zwischenzeit ging Kathrin in die Küche. Dort erkannte sie, dass ihre Mutter noch nicht gefrühstückt hatte. Wahrscheinlich ging es ihr wie am Tag, als ihr Vater den Unfall hatte und ihre Mutter vergaß, sich selbst zu versorgen. Heute sollte sie nicht nochmal vor Schwäche umfallen.

Kathrin beschloss, ihr das Frühstück zu machen. Sie kochte Tee. Kaffee wollte sie wegen der Erinnerung an Mamas Umfallen am Tag von Papas Einlieferung nicht riskieren. Dann holte sie eine Packung Kekse aus dem Schrank und stellte sie auf den Küchentisch. Es war ihr zu umständlich, heute Brot zu schneiden. Schließlich war sie selber auch ein bisschen durcheinander und musste sich auf das Wesentliche konzentrieren.

Als ihre Mutter endlich da war, stellte sie ihr eine Tasse Tee hin und holte noch eine große Packung Taschentücher. Die würden sie sicher brauchen. Dann erst setzte sie sich zu ihr, um sie zu trösten.

Die Taschentücher brauchten beide. Gerlinde fing an zu heulen sobald sie saß. Kathrin versuchte zwar Stärke zu zeigen, aber es liefen ihr trotzdem viele Tränen übers Gesicht.

Zuerst trank Gerlinde schweigend ihren Tee und aß ein paar Kekse. Doch als sie schon mehrere Kekse mit ihren feuchten Händen durchnässt hatte, brach sie mit ihrer größten Sorge heraus.

"Ich war nicht bei ihm. Ich hab ihn allein gelassen."

"Aber du konntest es ja nicht wissen. Keiner von uns wusste, wann Papa stirbt."

"Aber muss es ausgerechnet passieren, wenn ich mir einen schönen Abend mache? Ingrid hat uns erwischt und geschimpft. Sie hat Recht gehabt. Ich hätte bei Heinrich sein sollen in seiner schwersten Stunde."

"Mama, hör auf, dir Vorwürfe zu machen. Wir konnten ja nicht wissen, wann er stirbt. Es hätte ja auch noch ein oder zwei Wochen oder Monate dauern können. Dann wär es auf den einen Abend nicht angekommen. Bitte Mama, hör auf, dir Vorwürfe zu machen. Ich würde jetzt lieber ins Krankenhaus fahren. Ich will Papa nochmal sehen, bevor er abgeholt wird."

"Abgeholt. Weißt du wie das klingt. Wie einen Gegenstand, den man abholt. Du sprichst von deinem Vater."

"Ja, ich weiß aber nicht, wie man es sonst sagt. Komm, lass uns fahren."

"Gut. Ein letzter Blick. Weißt du, dass wir über fünfzig Jahre verheiratet waren? Und nun so ein Ende: erst von der Frau allein gelassen und dann abgeholt."

Gerlinde stockte bei diesen Worten. Doch ganz nach ihrer praktischen Art fing sie sich bald wieder.

"Also, ich zieh mich an, dann fahren wir."

19. ABSCHIED IN LIEBE

In den nächsten Tagen war Kathrin eine große Hilfe. Wie sie schon zur Pflege alles Organisatorische übernahm, so kümmerte sie sich auch jetzt um alle Formalitäten. Sie rief den Bestatter an und beriet ihre Mutter bei all den vielen Fragen: welcher Sarg, welche Blumen, welche Musik. Die Liste schien endlos zu sein. Gerlinde war gegenüber all diesen Fragen gleichgültig angesichts ihrer vielschichtigen Gefühlslage. Nur beiläufig bedankte sie sich bei Kathrin, die den Überblick hatte und zu den praktischen Antworten drängte.

Als der Pfarrer kam, überlegte Gerlinde, ob sie nicht wieder Kathrin das Beantworten der Fragen überlassen sollte. Ihr war zum Heulen. Durfte sie ihm alles erzählen? Durfte er wissen, dass sie am Abend zuvor Johannes geküsst hatte, statt am Sterbebett ihres Mannes zu sitzen?

Sie erzählte es, weil es nichts anderes gab, was sie im Moment mehr beschäftigte als diese Frage. Die Idee, Kathrin mit dem Pfarrer reden zu lassen, schien ihr jetzt falsch. Sie wollte reden, sie wollte ihr Gefühlschaos loswerden.

Eine klare Antwort blieb der Pfarrer ihr allerdings schuldig. Er empfahl, diese Frage in

Gottes Hand zu legen und auf Gott zu vertrauen. Als ob sie so gläubig wäre, so etwas zu tun. Und irgendwie vermisste sie auch die Strafankündigung des Fegefeuers. Schließlich war sie ja eine Sünderin, die es nicht anders verdient hätte. So dachte sie zumindest in ihrer Verzweiflung.

Bei der Beerdigung war sie dann erleichtert, dass der Pfarrer nicht über ihre Sünden sprach, sondern einfach Heinrich in den Mittelpunkt seiner Ansprache rückte. Sie hatte sich schon Gedanken gemacht, ob sie nicht zuviel ausgeplaudert hätte, was dann alle erfahren hätten. Das wollte sie ja auch nicht.

Über die Ansprache war Gerlinde erstaunt. Der Pfarrer betonte alle guten Eigenschaften von Heinrich. In dem großen Leid der letzten Zeit war Gerlinde völlig blind dafür. Sie hatte ganz vergessen, dass Heinrich überhaupt einen Charakter hatte, der nichts mit der Demenz zu tun hatte. Es stimmte, er war früher gut organisiert, er hatte sich für die Belange anderer Menschen interessiert, er hatte für seine Familie gesorgt und bemühte sich darum, dass es allen gut ging. Es tat richtig gut, an die gute alte Zeit vor der Krankheit erinnert zu werden.

Jetzt war er im Himmel und ließ es sich gut gehen. Gerlinde fand die Vorstellung richtig schön. Gott kümmert sich um alles und lässt Heinrich so sein wie er ist. Wenn ihr das doch jemals gelungen wäre. So oft wünschte sie sich in den letzten Jahren, er wäre anders, nämlich gesund. So oft tat sie sich schwer, ihn anzunehmen wie er war. Naja, sie war ja auch nicht Gott. Dass ihm das gelingt, ist doch logisch.

Zwischen der Ansprache und dem Gebet fand Gerlinde Zeit, die Trauergäste anzuschauen. Sie war berührt davon, dass alle da waren, die ganze Familie, einige Verwandte, die in der Nähe wohnten, ein paar Nachbarn und Freunde von früher, Johannes mit Ingrid und die Mitarbeiter des Seniorenzentrums. Es war tröstlich, dass so viele dabei waren und zeigten, dass ihnen Heinrich immer noch wichtig war, obwohl er sich in den letzten Jahren so verändert hatte.

Gerlinde freute sich über das üppige bunte Rosenbouquet, das den Sarg zierte. Kathrin hatte es mit dem Bestatter besprochen. Sie selber war an dem Tag zu sehr mit sich selbst beschäftigt, um mit dem Bestatter darüber zu reden. Auch die anderen würdigten Heinrich bei der Auswahl der Blumenkränze als Rosenzüchter.

Als die Beerdigung vorbei war und der Pfarrer zur Seite trat, blieb Gerlinde lange vor dem

Grab stehen. Es überkam sie das Bedürfnis, noch einmal ganz intensiv mit Heinrich zusammenzusein. In ihren Armen hielt sie während der ganzen Beerdigung eine Ansammlung verschiedener Rosenzweige ohne Blüten. Heute morgen kam ihr die Idee, von jeder Rosensorte des Gartens einen Zweig abzuschneiden. Für Außenstehende sah es ein wenig armselig aus. Die Rosenblüten hingen ja seit zwei bis vier Monaten nicht mehr dran. Viele Blätter waren gelb, wenn sie überhaupt noch dran waren.

Jetzt warf sie sie nacheinander ins Grab. Sie erinnerte sich bei einigen an die Zeit, als er sie angepflanzt hatte. Sie dachte an seine Worte, als sie sah, dass ein Zweig schöne Blätter hatte, während die Blätter des anderen mit Rost befallen waren. Einige Zweige warf sie ins Grab, die Hagebutten trugen. Diese waren besonders wertvoll für die Tiere erklärte er ihr früher öfters. Wunderschöne Erinnerungen riefen die dürren Zweige in ihr wach und es liefen ihr Tränen der Rührung über die Wange.

Als der letzte Rosenzweig auf dem Sarg landete, wurde ihr wieder bewusst, dass noch mehr Menschen Abschied von Heinrich nehmen wollten. Schnell nahm sie das Schäufelchen und warf der Sitte entsprechend dreimal Erde auf den Sarg. Dann trat sie zur Seite.

Es folgten Kathrin und Robert, die jeweils eine Rose und ein Schäufelchen Erde ins Grab warfen. Es waren aber gekaufte Rosen, wie auch die Rosen, die andere Trauergäste Heinrich zuwarfen.

Lange konnte Gerlinde nicht über die Rosen nachdenken. Es kamen der Reihe nach Trauergäste, um ihr Beileid auszusprechen. Dann standen Frau Sonnleitner und Frau Hofer aus dem Seniorenzentrum vor ihr.

"Mein herzliches Beileid." sagte Frau Sonnleitner.

"Danke."

"Er war immer sehr beliebt bei uns. Er hat immer so lebendig von seiner Gärtnertätigkeit erzählt. Wir haben ihn schon vermisst seit er ins Krankenhaus gekommen ist."

"Auch ich möchte Ihnen mein Beileid ausdrücken." schloss sich Frau Hofer an. "Und wenn Sie wollen, können Sie auch nochmal in die Gruppe kommen, aber es ist Ihnen freigestellt. Alles Gute!"

Gerlinde war überrascht. Das war mehr als eine Pflichtbeileidsbekundung. Die Gesichter zeigten, dass sie es ernst meinten. Es war gut, dass Heinrich in seinen letzten Lebensmonaten die Tagespflege besuchte. Er war dort beliebt. Diese Worte von der Tagespflegeleiterin drangen tief in Gerlindes Gedächtnis.

Als letzter Trauergast kam Johannes. Er umarmte Gerlinde und drückte sie ganz fest, dann schaute er sie an. Er zuckte mit den Schultern, weil er kein Wort über die Lippen brachte. Er umarmte sie nochmal und weinte.

Ingrid hatte vergessen, wer heute beerdigt wurde und ließ sich von Frau Sonnleitner, die sie ja gut kannte, ablenken.

Ein paar Tage später stand Gerlinde mit Johannes vor dem Grab von Heinrich. Die Kränze waren am Verblühen. Das vorläufige Holzkreuz am Kopfende zeigte, dass der Abschied noch lange nicht abgeschlossen war. Herbstliches Laub vermoderte am Boden. Das Wetter drückte mit seinem spätherbstlichen Grau auf die Stimmung. Erst nach einer längeren schweigsamen Zeit eröffnete Johannes das Gespräch.

"Bei der Beerdigung ist mir aufgefallen, dass du sehr viele Rosenzweige ins Grab geworfen hast."

"Ja, ich bin in den Garten gegangen und hab von allen Rosen, die wir noch haben, was abgeschnitten, auch von der kränklichen Gerlinde, aber auch von seiner preisgekrönten Rose ein paar Hagebutten. Ich habe überlegt, ob ich ihm diese zwei Rosen aufs Grab pflanze. Dann hat er immer bei sich, was er geliebt hat."

"Das ist eine schöne Idee. Ich könnte dir den Rosenstock geben, den Ingrid mit meiner Hilfe wieder aufgepäppelt hat."

Es war seltsam. Ausgerechnet Ingrid päppelte ihre Rose wieder auf. Dabei hatte sie doch zu Ingrid immer eine zweischneidige Beziehung. Irgendwie liebten sie denselben Mann. Dann wieder stand das Vergessen der Liebe im Vordergrund. Gerlinde sah es als Kennzeichen der Krankheit an, dass sie nie wusste, wie sie bei ihr dran war. Dass ausgerechnet Ingrid ihre Rose wieder zum Blühen brachte, fand Gerlinde bemerkenswert. Aber ihr war nicht klar, ob sie das gut finden sollte.

Sollte dieser Rosenstock auf Heinrichs Grab?

Sie schauten eine Weile schweigend aufs Grab.

"Ich weiß noch nicht welchen Rosenstock ich für Heinrichs Grab nehmen will. Ich wollte das erst im Frühjahr machen."

"Dann hast du ja noch Zeit, dir das zu überlegen."

"Gehen wir."

Auf dem Rückweg gingen sie langsam an den Gräbern vorbei. Es war ein schöner Friedhof, viele Bäume, viele Büsche. Alle Gräber waren reichhaltig bepflanzt. Die Vögel, die über den Winter hier bleiben würden, versprachen mit ihrem Gesang, den Ort der Toten lebendig zu halten. Es war ein guter Ort, um über wichtige Dinge zu sprechen.

"Ist Ingrid mir immer noch böse?" fragte Gerlinde.

"Na, du weißt ja wie sie ist. Als ich ihr gesagt hatte, auf welche Beerdigung wir gehen, schien sie alles vergessen zu haben. Seitdem haben wir nicht mehr über dich gesprochen."

"Wir sollten unsere Treffen doch wieder nur auf die Zeiten der Tagespflege beschränken. Ich will sie nicht nochmal verletzen."

"Man weiß nie bei ihr. Sie wird dich auch wieder akzeptieren als Frau zum Ratschen oder für Gesellschaftsspiele. Sie wird wieder ein junges Mädchen sein und glauben, dass weder du noch ich etwas mit ihrem Leben zu tun haben. Und dann wird sie wieder genau wissen, wer du bist und wer ich bin. Mir würdest du einen Gefallen tun, wenn du es mit mir probierst. Wir werden ja wohl noch in der Lage sein, eine Form zu finden, die für alle gut ist. Bitte, komm mit mir."

Johannes griff nach Gerlindes Hand und führte sie an sein Gesicht. Er zwang sie mit dieser Bewegung zum Stehenbleiben und schaute ihr dabei tief in die Augen. Dann nahm er die Hand wieder runter.

Das intensive Gefühl der Zusammengehörigkeit blieb und so erreichten sie Hand in Hand das Friedhofstor und den Parkplatz.

20. FAMILIE MIT GRÖSSE

Draußen war es kalt. Sophie trällerte Adventslieder, um nicht nur das Kommen des Christkinds, sondern auch des Schnees zu beschleunigen. Ihre Großmutter hingegen war froh, dass sie bis jetzt nicht Schnee räumen musste.

Gemeinsam saßen die beiden in der Küche und bestaunten den Adventskranz, während Kathrin, Robert und die anderen das Wohnzimmer umräumten, damit man den Esstisch für den Sonntagskaffee ausziehen konnte.

Es klingelte. Sophie stürmte zur Tür, um zu öffnen.

"Aha!" sagte sie, als sie erkannte, dass es Johannes und Ingrid waren. "Was macht ihr hier?"

"Deine Großmutter hat uns eingeladen."

"Aha!" Sophie ließ die beiden eintreten.

Gerlinde kam dazu, begrüßte sie und half ihnen bei den Mänteln, während Sophie interessiert zuschaute.

"Werden die jetzt immer kommen?"

"Die heißen Johannes und Ingrid. Sophie, du bist ganz schön frech. Bring lieber den Adventskranz ins Wohnzimmer und hilf beim Tischdecken."

Gerlinde kannte die richtige Antwort auf Sophies Frage selber nicht. Vor Heinrichs Krankenhausaufenthalt waren Johannes und seine Frau einmal beim Sonntagskaffee dabei und heute zum zweiten Mal. Doch ob das in Zukunft auch so bleiben sollte, wusste sie nicht. Darum gab sie Sophie keine Antwort.

Inzwischen war der Tisch fertig gedeckt. Die Kinder zwängten sich nach hinten an die Seite des Bücherregals. Die besser zugänglichen Plätze waren für Gerlinde, Johannes und Ingrid bestimmt.

"Es ist wunderbar, wie wir hier beisammen sitzen. Wie man sieht, ist selbst in der kleinsten Hütte Platz für alle."

"Opa fehlt."

"Für ihn haben wir doch das Foto aufgestellt."

"Aber nicht am Tisch."

"Wenn es dir wichtig ist, Sophie, dann stell das Foto auf den Tisch."

Sophie stand auf, holte das Bild und stellte es neben den Adventskranz.

"Seht ihr, erst jetzt sieht man, dass alle im kleinsten Haus Platz haben."

"In der kleinsten Hütte, heißt es."

"Egal. Darf ich anzünden?"

"Ja."

Für Sophie war es ein Zeichen des Älterwerdens, dass sie mit ihren acht Jahren die drei Kerzen am Adventskranz anzünden durfte. Kathrin und Tanja schenkten währenddessen Tee und Kaffee ein. Dana schnitt den Kuchen auf und verteilte ihn.

"Du, Oma," sagte Sophie, "du musst unbedingt die Plätzchen probieren! Die hab ich selber gebacken. Mama hat nur ganz wenig geholfen."

"Das mach ich." antwortete Gerlinde.

Gerlinde nahm sich ein paar Plätzchen und reichte die Plätzchenschale weiter.

Ingrid schaute sich am Tisch um, nahm ein paar Plätzchen und schaute auf Sophie, die neben ihr saß. Dann fiel ihr ein, was sie dem Kind mitteilen wollte.

"Ich habe auch eine Tochter, die ist so alt wie du. Aber die konnte heute nicht kommen, die ist auf so einer Reiterfreizeit für Kinder. Das macht ihr riesig Spaß. Gestern haben wir erst miteinander telefoniert."

Sophie musterte Ingrid eindringlich und runzelte die Stirn.

"Hast du wirklich eine Tochter, die so alt ist wie ich?"

"Ja, freilich!"

Sophie drehte sich zu Gerlinde.

"Stimmt das?"

Gerlinde zuckte mit den Achseln.

"Da musst du Johannes fragen."

"Sie heißt Vera und lebte bis vor fünf Jahren in Amerika."

Johannes stockte. Er sprach nicht gerne über den frühen Tod seiner Tochter.

"Ach, die Plätzchen schmecken sehr gut. Sophie, das hast du toll gemacht."

Jetzt schaltete sich Dana ein, die mal wieder eifersüchtig auf ihre kleine Kusine war, die alle für süß und nett hielten.

"Und mein Kuchen?"

"Der ist auch spitze." sagte ihre Großmutter. "Dana, wir wissen, dass du gut backen kannst."

Ingrid ließ sich wieder in ihrer charmanten Art auf das Gesprächsthema ein.

"Ach, den Kuchen hast du gebacken? Sehr gut. Er schmeckt hervorragend."

Doch Sophie interessierte das andere Thema mehr.

"Ja und, Johannes? Was ist jetzt mit ihr?"

"Gestorben. Aber sie weiß es jetzt nicht mehr. Und ich möchte heute einen schönen Tag mit Ingrid verbringen."

Gerlinde fiel die Kinnlade herunter, als sie das hörte.

"Ja, da kenn ich dich schon über ein halbes Jahr und höre das zum ersten Mal."

Ingrid, die schon wieder vergessen hatte, worüber vor dem Kuchen gesprochen wurde, fragte neugierig: "Wer ist gestorben? Was hörst du zum ersten Mal?"

Kathrin reagierte blitzschnell. Sie verstand, dass die Todesnachricht ihrer Tochter einen starken Gefühlsausbruch auslösen könnte und lenkte schnell ab.

"Mein Vater, der Heinrich." gab sie Ingrid zur Antwort.

Dazu sagte Johannes: "Das hab ich dir doch erzählt. Du kanntest ihn aus der Tagespflege."

"Ah, ja."

Markus, der jetzt eh nicht das Thema ausführlicher besprechen wollte, lenkte ab: "Kann ich bitte noch einen Tee haben?"

Da die Kanne direkt vor Kathrin stand, schaute sie rein.

"Oh, tut mir leid. Der ist alle. Aber ich mach dir einen neuen."

Daraufhin ging Kathrin mit der Teekanne in die Küche. Gerlinde suchte nach einem Grund für ein Vier-Augen-Gespräch und war froh, dass sie sich unauffällig Kathrin anschließen konnte.

"Ach, ich mach dann gleich noch einen Kaffee." sagte sie und folgte ihrer Tochter mit der Kaffeekanne.

In der Küche machten Kathrin und Gerlinde ganz beiläufig Tee und Kaffee.

"Ich bin jetzt völlig schockiert."

"Das war vielleicht das Signal, dass du dich um ihn kümmern musst, Mama."

"Ich weiß nicht. Zuerst dachte ich ja, nur mir geht es schlecht. Nur ich habe ein schweres Schicksal. Und nun höre ich sowas."

"Mama, du hast in Johannes einen wertvollen Freund gefunden. Und auch wenn ich am Anfang dagegen war, so war ich doch in den letzten Wochen froh, dass du ihn an deiner Seite hattest. Wir alle haben ihn mehr oder weniger akzeptiert. Du siehst es ja."

"Du sprichst gar nicht mehr von deinem Vater. Vermisst du ihn nicht mehr?"

"Doch, Mama. Ich trauere sehr wohl um ihn. Und ich geh jetzt einmal im Monat ins Trauercafe. Ich werde mir im nächsten Jahr die Arbeitszeiten so legen, dass ich hingehen kann. Du kannst ja mitkommen. Ich denk auch oft abends an ihn. Aber das Leben geht für uns weiter. Wir haben halt unsere Aufgaben, die zu unserem Leben dazugehören. Und jetzt wird deine Aufgabe Johannes und seine Ingrid."

"Es ist so neu für mich. Die letzten Jahre drehte sich mein Leben um Papa und seine Demenz. Jetzt dreht es sich um seinen Tod. Ich dachte, Johannes sei nur dazu da, dass es mir besser geht. Ich muss jetzt so vieles neu sortieren."

Gerlinde fing an zu weinen.

"Komm, Mama."

Kathrin legte ihre Arme tröstend um Gerlinde.

"Schau, Kaffee und Tee sind jetzt fertig. Wir sollten wieder rübergehen."

Kathrin und Gerlinde gingen je mit einer Kanne ins Wohnzimmer. In der Tür blieben sie stehen und blickten auf die Familie mit Ingrid und Johannes in der Mitte, die allesamt in eine Unterhaltung vertieft waren.

"Schau Mama, das ist doch eine große Familie und keiner ist zuviel."

Gerlinde lächelte. Gemeinsam genossen sie noch eine Weile den Anblick der fröhlichen Runde.